历代笔记小说大观

[明] 陆容 撰　李健莉 校点

菽园杂记

图书在版编目(CIP)数据

菽园杂记 /(明)陆容撰;李健莉校点. —上海:
上海古籍出版社,2012. 12(2023. 8 重印)
(历代笔记小说大观)
ISBN 978 - 7 - 5325 - 6336 - 4

Ⅰ. ①菽… Ⅱ. ①陆… ②李… Ⅲ. ①笔记小说-小
说集-中国-明代 Ⅳ. ①I242. 1

中国版本图书馆 CIP 数据核字(2012)第 044983 号

历代笔记小说大观

菽 园 杂 记

[明]陆 容 撰

李健莉 校点

上海古籍出版社出版发行

(上海市闵行区号景路 159 弄 1 - 5 号 A 座 5F 邮政编码 201101)

(1) 网址:www. guji. com. cn

(2) E-mail:guji1@guji. com. cn

(3) 易文网网址:www. ewen. co

常熟文化印刷有限公司印刷

开本 635×965 1/16 印张 8.5 插页 2 字数 113,000

2012 年 12 月第 1 版 2023 年 8 月第 2 次印刷

印数:2,101—3,200

ISBN 978 - 7 - 5325 - 6336 - 4

I·2490 定价:22. 00 元

如有质量问题,请与承印公司联系

校 点 说 明

《菽园杂记》十五卷，明代陆容撰。

陆容（1436—1497）字文量，号式斋，太仓人。成化丙戌（1466 年）进士，曾授南京吏部主事，后迁兵部职方郎中，官至浙江右参政。

陆容与同乡张泰、昆山陆钶并称为"娄东三凤"，有《式斋稿》等诗稿。《菽园杂记》为其所撰笔记类杂著。

《菽园杂记》有"明代说部第一"之誉。书中一些记载可与正史相参证，有较高的史料价值。如卷五列述洪武、永乐、成化三朝京营设制的大略，卷九记载成化以前巡抚总督的增设、名目和职守，都可补正史和职官志之阙。卷十三记载衢州常山开化造纸的整个工艺流程以及卷十五所录《龙泉县志》中关于银、铜、青瓷、韶粉、香蕈等制作工艺，有意识地保存了古代手工业生产方面的珍贵资料。有些记载和议论，多有考辨，且见解新辟：如对"嵊"字字义的察检、对"阿"声渊源的追溯，都体现了作者勤学博观的学术风范以及细致周洽的辨疑精神。《四库全书总目提要》说它"于明代朝野故实，叙述颇详，多可与史相参证；旁及谈谐杂事，皆并列简编。……中间颇多考辨……然核其大致，可采者较多"。

需要指出的是，由于《菽园杂记》中部分内容是陆氏从茶余饭后友人的谈资中择录的，不免有涉及神异、流于荒诞的记述。

《藏园群书经眼录》载有两种十五卷本的明写本，其中一本存十一卷，另一本仅存五卷。明万历年陈于廷刊刻《纪录汇编》本为七卷本的摘抄本,《菽园杂记》现在保存下来的明本已非全貌。最完善且较早的清本为《钦定四库全书》本,清嘉庆十五年《墨海金壶》本是目前较为通行的清刻本。本次点校以台湾商务印书馆影印《文渊阁四库全书》本为底本,对校了《墨海金壶》本,同时参校了明代善本丛书《纪录汇编》本。另外,北京国家图书馆藏有一清抄本,由于条件所限,未及亲见,深以为憾。

目　　录

卷一

朝廷每端午节赐朝官吃糕粽于午门外，酒数行而出。文职大臣仍从驾幸后苑，观武臣射柳，事毕皆出。上迎母后幸内沼，看划龙船，炮声不绝。盖宣德以来故事也。丙戌岁，炮声无闻，人疑之。后闻供奉者云：是日内官奏放炮，上止之云：“酸子闻之，便有许多议论也。”上之顾恤人言如此，可以仰见圣德矣。

奉天门常朝御座后，内官持一小扇，金黄绢以裹之。尝闻一老将军云：“非扇也。其名‘卓影辟邪’。永乐间，外国所进，但闻其名，不知为何物也。”

尝闻尚衣缝人云：“上近体衣，俱松江三梭布所制。”本朝家法如此。“太庙红绒丝拜裀，立脚处乃红布，其品节又如此”。今富贵家佻佻子弟，乃有以绒丝绫段为裤者，暴殄过分，甚矣！

近见洪武四年《御试录》：总提调：中书省官二人。读卷官：祭酒、博士、给事中、修撰各一人。监试官：御史二人。掌卷、受卷、弥封官：各主事一人。对读官：司丞、编修二人。搜检怀挟、监门、巡绰，所镇抚各一人。礼部提调官：尚书二人。次御试策题，又次恩荣次第云。洪武四年二月十九日，廷试。二十日，午门外唱名，张挂黄榜，奉天殿钦听宣谕。同日除受职名，于奉天门谢恩。二十二日，锡宴于中书省。二十三日，国子学谒先圣，行释菜礼。第一甲三名，赐进士及第，第一名授员外郎，第二名、第三名授主事。第二甲一十七名，赐进士出身，俱授主事。第三甲一百名，赐同进士出身，俱授县丞。姓名下籍状，与今式同。国初制度简略如此。今《进士登科录》，首录礼部官奏殿试日期，合请读卷及执事官员数、进士出身等第。圣旨俞允，谓之“玉音”。次录读卷、提调、监试、受卷、弥封、掌卷、巡绰、印卷、供给各官职名。又次录三月一日诸贡士赴内府殿试。上御奉天殿，亲试策问。三日早，文武百官朝服，锦衣卫设卤簿于丹陛、丹墀内。上御奉天殿，鸿胪寺官传制唱名，礼部官捧黄榜，鼓乐导出长安左门外,张挂毕,顺天府官用伞盖仪从送状元归第。四日,赐宴于礼部,宴毕,赴鸿胪寺习仪。五日,赐状元朝服、冠带,及进士宝钞。六日,状元率诸进士上表谢恩。七日,状元诸进士诣先师孔子庙,行释菜礼。礼部奏请,命工部于国子监立石题名。朝廷或有事,则殿试移它日,谓之"恩荣次第"。又次录进士甲第,第一甲三人,赐进士及第。第二甲若干人,赐进士出身。第三甲若干人,赐同进士出身。每人名下各具家状。最后录第一甲三人所对策。其家状式姓名下云:贯某府、某州、某县、某籍、某生。治某经,字某,行几、年几岁,某月某日生。曾祖某、祖某、父某、母某氏。祖父母父母俱存曰重庆,下父母俱存曰具庆,下父存母故曰严侍,下父故母存曰慈侍,下父母俱故永感,下兄某、弟某,娶某氏。某处乡试第几名,会试第几名。

予奉命犒师宁夏,内府乙字库关领军士冬衣,见内官手持数珠一串,色类象骨,而红润过之。问其所制,云:太宗皇帝白沟河大战,阵亡军士积骸遍野。上念之,命收其头骨,规成数珠,分赐内官念佛,冀其轮回。又有脑骨深大者,则以盛净水供佛,名"天灵碗",皆胡僧之教也。

予使迹所及,历赵、秦、伊、周四王府,朝见日皆有宴。惟秦王亲宴于承运门,品馔丰盛。余皆长史陪宴宾馆,成礼而已。闻秦王之母太妃陈氏贤而且严,每朝使至,必令王出宴,云:"非惟见尔敬重朝廷,好言好事亦得见闻;若在宫中,不过与妇人相接而已,实有何益?"酒肴已具,必令人异入观之,如不佳,典膳厨役,皆受挞辱。王之所以无失礼宾客者,由太妃之贤也。

各镇戍镇守内官,竞以所在土物进奉,谓之孝顺。陕西有木实名楄梓,肉色似桃,而上下平正如柿,其气甚香,其味酸涩,以蜜制之,岁为进贡,然终非佳味也。太监王敏镇守陕西时,始奏罢之,省费颇多。敏本汉府军余,善蹴鞠,宣庙爱而阉之。常熟知县郭南,上虞人。虞山出软栗,民有献南者,南亟命种者悉拔去。云:"异日必有以此殃害常熟之民者。"其为民远虑如此,因类记之。

环庆之墟有盐池,产盐皆方块,如骰子,色莹然明彻。盖即所谓水晶盐也。池底又有盐根如石,土人取之,规为盘盂。凡煮肉贮其中，抄匀，皆有咸味。用之年久，则日渐销薄。甘肃灵夏之地又有青、黄、红盐三种，皆生池中。

陕西布政司，本唐宰相府。前堂屏扆后有方石池，中刻波浪纹，云是宰相冰果之器。后堂檐下有一石池，中地稍高，四周有走水渠，云是宰相用以割羊。又有钉官石，石理中断钉历历可见，云唐举子以此自占。凡钉入者，终身利达，不入者不利，往往有验云。

“焚书只是要人愚，人未愚时国已墟；惟有一人愚不得，又从黄石授兵书”。此《焚书坑》诗，不知何人所作。家君常诵之。坑在骊山下，即坑儒谷是也。

正统己巳，车驾蒙尘，敌势甚炽，群情骚然。太监金英集廷臣议其事，众嗫嚅久之。翰林徐珵元玉谓宜南迁，英甚不以为然。适兵部尚书于谦奏欲斩倡南迁之议者，众心遂决。景皇帝既即位，意欲易储。一日语英曰：“七月初二日，东宫生日也。”英叩头云：“东宫生日是十一月初二日。”上为之默然。盖上所言者谓怀献，英所言者谓今上也。意与献陵之对正相似。珵后改名有贞。

陕西环县界有唐时木波、合道等城遗址。志书以为范文正公守环时所筑。尝考之，唐德宗兴元十三年二月，集方渠、合道、木波三城，邠宁节度使杨朝晟之力也。文正公或因其旧址而修筑之，故云。

温泉在临潼县骊山北麓，即唐之华清宫故址。山上有玉女祠，乃其发源处。唐时每岁临幸，宫殿壮丽。今惟此池存焉。上覆屋数楹，四周甃以礜石，其水寒暖适调，清彻可鉴丝发。汤泉若句容、宣府、遵化等处亦有之，其佳胜宜莫如此。然以官府掌之，非贵宦无由得浴。其外别引泉为男女混堂二处，则居民共之。

居庸关外抵宣府，驿递官皆百户为之。陕西环县以北抵宁夏亦然。盖其地无府州县故也。然居庸以北，水甘美，谷菜皆多。环县之北皆碛地，其水味苦，饮之或至泄利。驿官于冬月取雪实窖中，化水以供上官，寻常使客罕能得也。

吾苏陈僖敏公镒为都御史巡抚陕西时，用法宽平，临事简易，数年间，雨旸时若，年谷屡登，民信爱之。以其美髯鬓，呼为胡子爷爷。尝以议事还朝，民讹传得代，遮道借留者数千人。公谕以当复来，始稍稍散去。及其复来，焚香迎候亦然。民父母及身有疾者，发愿为公舁轿，则不事医药祈祷，辄愈。一出行台，人争舁之，虽禁之不息也。及公去，有画像事之者，其得民如此。代公者欲惩其弊，而济之以猛。识者亦以为宜，然民虽阳畏而阴实怒之。且旱潦相仍，边事日作，非复昔时之气象矣。故善论公者，以为非但其德有以惠乎民，而其福之庇乎民者亦博矣。

陕西都指挥司整，幼尝结数恶少为义弟兄，一人受挫，则共力复仇。整尝击杀一人于都市歌楼，主家执之不力，被脱去。乃执其与刘某于官，究整所在。刘曰："我实杀之，非整也。"众证为整，刘自认益坚。法司不能夺，乃论死。后得末减，发充辽东三万卫军。整德之，每岁供其军赍。时整有老母，故刘诬代之。古之侠士不能过也。

太监牛玉之败，南京六科给事中王徽等因上疏言宦官干政专权、置立私宅等事，皆祖宗时所无，请一切禁革之。其言谠直，切中时弊。徽等各调任远州判官，天下之士莫不慕其风采。徽字尚文，南京人。丙戌岁，予犒师宁夏，过宁州，闻判官李某数中人问及此事。李云：始谋于王渊志默，志默恐同寮有进止者，乃焚香告天以为盟。奏本则各草一通，俱送尚文，以备采取。若为首则六科以次列名，不容退避。盖旧规也。志默，绍兴山阴人，谪四川茂州判官。予以此举徽擅其名，而渊之力居多，故表著之。

陕西城中旧无水道，井亦不多，居民日汲水西门外。参政余公子俊知西安府时，以为关中险要之地，使城闭数日，民何以生？始凿渠城中，引灞、浐水从东入，西出。环甃其下以通水，其上仍为平地。迤逦作井口，使民得以就汲。此永世之利也。

西岳华山、西镇吴山，皆在陕西境内，载在祀典。而西安又有五岳庙。陈僖敏巡抚时，既不能毁，而又奏请重修之，失礼甚矣。况劳民伤财，在所得已，此不学之过也。

《水东日记》云：世称警悟有局干人曰"乖觉"，于兵部奏内常用之。然未见所出，乃引韩退之、罗隐"乖角"字，以为与今"乖觉"意正相反。盖奏词移文，间用方言时语，不必一一有出也。今之所谓"乖"，即古之所谓"黠"。"黠"岂美德哉？韵书训乖云："戾也，背也，离也。"凡乖者，必与人背离。如与人相约谏君劾奸死难，稍计利害，则避而违之以自全，反谓不违者为痴，此正所谓"乖角"耳。

正统丙辰状元周旋，温州永嘉人。闻阁老预定第一甲三人，候读卷时问同在内诸公云："周旋仪貌如何？"或以丰美对，阁老喜。及传胪，不类所闻。盖丰美者严州周瑄，听之不真而误对耳。天顺庚辰，曹钦反，连捕其党冯益损之甚急。一星士冯益谦之就逮，亦弃市。盖二人皆宁波人，且同名，故有此误。人之祸福，固非偶然，然亦有如此者，所谓命也。

庆阳西北行二百五十里为环县。县之城北枕山麓，周围三里许，编民余四百户，而城居者仅数十家。戍兵傔屋，闾巷不能容，至假学宫居之。其土沙瘠，其水味苦，乍饮之病脾泄。出赵大夫沟者味甘，然去城十余里。岁祀先师则取酿酒，不可以给日用也。驿廪稍供稻米，盖买诸庆阳，粟一斗得稻米一升。薪木则买诸开城。开城亦小邑，去环八十里，地有美薪，其愈环可知矣。其古迹则灵武台在焉，唐肃宗以太子即位其处。城之南有唐时木波、合道等城遗址尚存。居数日，校官率举业弟子五六人执经请益，咸谨朴。使之析义理，皆颇能之。与谈古今及它文事，类莫能知。尝与索韵书，遍城中不可得。盖其地僻陋，无贤师友，校官来师者，各以所通经授弟子。或不久去，则贸贸焉无能成其终者。无惑乎人才之难也。

巡抚陕西都宪嘉禾项公忠，令庆阳、邠、宁州县督民种树道旁，民颇怨之。巡抚延绥都宪广东卢公祥有诗嘲之，其终篇云："可惜路旁如许地，只栽榆柳不栽桑。"项公和韵云："老我岂无衣食计，安知此地不宜桑？"二诗今在庆阳公馆壁间。邠、宁、庆阳皆古豳地，《七月》之诗言蚕桑之事备矣。要之，卢公之言得之。

庄浪参将赵妥儿，土人也。尝马蹶，视土中有物，得一刀，甚异。每地方将有事，则自出其鞘者寸余，鞘当刀口处常自割坏。识者云："此灵物也，宜时以羊血涂其口。"妥儿赖其灵，每察见出鞘，则预为之备。以是守边有年，卒无败事。太监刘马儿还朝日，求此刀，不与。以是掩其功，不得升。

民间俗讳，各处有之，而吴中为甚。如舟行讳"住"、讳"翻"，以

"箸"为"快儿","幡布"为"抹布"。讳"离散",以"梨"为"圆果","伞"为"竖笠"。讳"狼籍",以"榔槌"为"兴哥"。讳"恼躁",以"谢灶"为"谢欢喜"。此皆俚俗可笑处,今士大夫亦有犯俗称"快儿"者。

洪武中,朝廷访求通晓历数、数往知来、试无不验者,必封侯,食禄千五百石。山东监生周敬心奏言:"国祚长短,在德厚薄,非历数之可定。三代有道之长,固所定论。三代而下,深仁厚德者,汉、唐、宋而已。如汉高之宽仁,继以文、景之恭俭,昭宣之贤明,光武之中兴,章帝之长者。唐太宗之力行仁义,宋太祖之诚心爱民。是以有道之长。国祚最短者莫如秦,其次如隋,又其次如五代。始皇之酷虐,炀帝之苛暴,五代之穷凶,是皆人事所致,岂在历数? 钦惟圣上应天眷命,混一区宇,救乱诛暴,其功大矣。然神武过于汉高而宽仁不及,贤明过于太宗而忠厚不及,是以御宇以来,政教未敷,四方未治。伏乞效汉高之宽仁,同太宗之诚悫,法三代之税敛,则帝王之祚,可传万世,又何必问诸小技之人邪?"又言:"陛下连年远征,臣民万口一辞,皆知为耻不得传国宝,欲取之耳。臣闻传国宝出自战国楚平王时,以卞和所得之玉琢之。秦始皇秘之,名曰'御玺'。自是以来,历代珍之,遂有是名。《易》曰:'圣人之大宝曰位。何以守位? 曰仁。'是知仁乃人君之宝,玉玺非宝也。且战国之君,赵先得宝而国不守。五代之君皆得宝,皆不旋踵而亡。盖徒知玉玺之为宝,而不知仁义之为大宝故也。天下治安享国之久者,莫如三代,三代之时,未有玉玺。是知有天下者,在仁义而不在此玺亦明矣。今为取宝,使兵革数动,军民困苦,是忽真正之大宝而易无用之小宝也。圣人智出天下,明照万物,何乃轻此而重彼,爱彼而不爱此邪?"又言:"方今力役繁难,户口虽多而民劳者众;赋敛过厚,田粮虽实而民穷者众;教化博矣,而民不说,所谓徒善也;法度严矣,而民不服,所谓徒法也。昔者汲黯言于汉武帝曰:'陛下内多欲而外施仁义,奈何欲效唐虞之治乎?'方今国则愿富,兵则愿强,城池则愿高深,宫室则愿华丽,土地则愿广,人民则愿众。于是多取军士,广积钱财,征伐之举无虚日,土木之功无已时,如之何其可治也。"又言:"洪武四年,钦录天下官吏。十三年,连坐胡党。十九年,起天下积年民害。二十三年,大杀京民。此妄立罪名,不分臧否，一概杀之，岂无忠臣、烈士、善人、君子误入名项之中？于兹见陛下之德薄而杀戮之机深矣。夫自古不嗜杀人者能一天下，而杀之多者后嗣不昌，秦隋、元魏之君，好杀不已，其后至于灭绝种类。汉时误杀一孝妇，致东海枯旱三年。方今水旱连年，未臻大稔，未必不由杀戮无辜、感伤和气之所致也。"又言："明主之制，赏不僭，刑不滥。今刑既滥矣，复赏赐无节。天下老人，非功非德，人赐钞五锭；出征军官，位高而禄厚，平寇御侮，亦其职分当然，今乃赏赐无极。夫厚敛重科，穷民困苦，而滥赐无功之人，甚无谓也。宜节无功之赏，以宽穷民之赋，则天下幸甚，万姓幸甚。"其余若通钞法、罢充军等事，皆切时弊。约三千余言，节其要录之。敬心不知为山东某州县人，后仕某官。问之山东仕于朝者，皆莫之知。己无官守言责，而能直言如此，何其壮哉！不可泯也。

孟子云："傅说举于版筑之间。"屈原云："说操筑于傅岩兮，武丁用而不疑。"二书筑字，犹《周诗》"筑室百堵"之筑。蔡氏注说筑傅岩之野云：筑，居也。今言所居，犹谓之卜筑。盖以版筑胥靡之事，说贤者，不宜有此。为贤者讳，故云然尔。然孟、屈去殷、周未远，必有所传。况耕稼陶渔，不足以病舜；钓弋猎较，不足以累孔。穷而操筑，亦何足以为说讳乎！

古人于图画书籍，皆有印记，云某人图书。今人遂以其印呼为图书。正犹碑记、碑铭，本谓刻记铭于碑也。今遂以碑为文章之名，莫之正矣。

前辈诗文稿，不惬意者多不存，独于墓志、表、碣之类皆存之者，盖有意焉。景泰甲戌进士蓟州钱源，其先昆山人。尝以公差过昆，访求其祖墓，父老无能知者。居数日，沈通理检家藏前人墓志，得洪武七年邑人卢熊所为钱瑞妻章氏墓志，始知其祖墓在今儒学之后，而封表之。于是知葬埋之不可无志，而志葬者世系墓地，尤不可以不详也。士大夫得亲戚故旧墓文，必收藏之，而不使之废弃，亦厚德之一端也。源本沙头郁氏子。郁与钱世连姻。钱无子，郁以一子为其后，后戍蓟州。郁今为医官，钱氏则已绝矣。

吴中乡村唱山歌，大率多道男女情致而已。惟一歌云："南山脚下一缸油，姊妹两个合梳头。大个梳做盘龙髻，小个梳做扬篮头。"不知何意。朱廷评树之尝以问予，予思之。翼日报云："此歌得非言人之所业本同，厥初惟其心之趣向稍异，则其成就遂有大不同者。作如是观，可乎？"树之云："君之颖悟过我矣。作如是观，此山歌第一曲也。"

卷二

天顺初,有欧御史者,考选学校士,去留多不公。富室子弟惧黜者,或以贿免。吾昆郑进士文康,笃论士也。尝送一被黜生诗,篇末云:"王嫱本是倾城色,爱惜黄金自误身。"事可知矣。时有被黜者,相率鸣诉于巡抚曹州李公秉,公不为理。未几,李得代,顺德崔公恭继之。诸生复往诉,公一一亲试之,取其可者,檄送入学。不数年,去而成名者甚众,皆崔公之力也。二公一以镇静为务,一以伸理为心,似皆有见。若其孰为得失,必有能辨之者。

天顺三年,南直隶清理军伍,御史郭观持法颇刻。昆山县有一人诬首者,至连坐二十四人充军。予家时为里正,亦在遣中,将欲伸冤于巡抚,公闻太仓查用纯娴习吏学,与谋之。查云:"巡抚与御史各领敕书行事,诉之无益。"又谋之昆城高以平氏。高云:"诉之可也。"或以查语质之,高云:"此非有识之言也。在京,刑部都察院狱情,必大理寺评允,无碍,才敢决断。御史在外行事,旁若无人;刑狱苟有冤抑,伸理平反,非巡抚而谁?诉之有益。"于是往诉,都宪崔公果为平反之,二十四人皆复为民。谚云:"事要好,问三老。"信然。

天顺癸未会试,寓京邸。尝戏为《魁星图》,题其上云:"天门之下,有鬼踢斗。癸未之魁,笔锭入手。"贴于座壁,亡何失去。时陆鼎仪寓友人温秉中家,出以为玩。予为之惘然。问所从来,云:"昨日倚门,一儿持此示我,以果易之。"予默以为吾二人得失之兆矣。未几,鼎仪中第一名,予下第。

本朝开科取士,京畿与各布政司乡试,在子卯午酉年秋八月。礼部会试,在辰丑未戌年春二月。盖定规也。洪武癸未,太宗渡江。天顺癸未,贡院火。皆以其年八月会试,明年三月殿试,于是二次有甲申科。贡院火时,举人死者九十余人。好事者为诗云:"回禄如何也忌才,春风散作礼闱灾。碧桃难向天边种,丹桂翻从火里开。豪气满场争吐焰,壮心一夜尽成灰。曲江胜事今何在?白骨棱棱漫作堆。"

至今诵之，令人伤感。或云苏州奚昌元启作。

正统间，工部侍郎王某出入太监王振之门。某貌美而无须，善伺候振颜色，振甚眷之。一日问某曰："王侍郎，尔何无须？"某对云："公无须，儿子岂敢有须。"人传以为笑。

新举人朝见，著青衫，不著襴衫者，闻始于宣宗有命，欲其异于岁贡生耳。及其下第，送国子监，仍著襴衫。盖国学自有成规也。

本朝政体，度越前代者甚多。其大者数事，如：前代公主寡，再为择婿，今无之。前代中官被宠，与朝臣并任，有以功封公侯者；今中官有宠者，赐袍带；有军功者，增其禄食而已。前代京尹刺史皆有生杀之权，今虽王公不敢擅杀人。前代重臣得自辟任下寮，今大臣有专擅选官之律。前代文庙圣贤，皆用塑像；本朝初建国学，革去塑像，皆用木主。前代岳镇海渎，皆有崇名美号；今止以山水本名称其神，郡县城隍及历代忠臣烈士，后世溢美之称，俱令革去。前代文武官皆得用官妓；今挟妓宿娼有禁，甚至罢职不叙。

陈元孚先生读书法：生则慢读吟语句，熟则疾读贪遍数，攀联以续其断，喝怒以正其误。未熟，切忌背诵；既倦，不如少住。如此力少功多，乃是读书要务。

薛主事机，河东人。言其乡人有患耳鸣者，时或作痒，以物探之，出虫蜕，轻白如鹅翎管中膜。一日与其侣并耕，忽雷雨交作，语其侣曰："今日耳鸣特甚，何也？"言未既，震雷一声，二人皆踣于地。其一复苏，其一脑裂而死，即耳鸣者。乃知龙蛰其耳，至是化去也。戴主事春，松江人。言其乡有卫生者，手大指甲中见一红筋，时或曲直，或蜿蜿而动。或恐之曰："此必承雨濯手，龙集指甲也。"卫因号其指曰"赤龙甲"。一日，与客泛湖，酒半，雷电绕船，水波震荡。卫戏语坐客曰："吾家赤龙得无欲去邪？"乃出手船窗外，龙果裂指而去。此正与青州妇人青筋痒则龙出事相类。传云：神龙或飞或潜，能大能小，其变化不测。信矣哉！

旧习举业时，尝作《诗说质疑》一册。近已焚去，存其有关大义者一二云：

《羔裘》三章　朱氏云："舍命不渝，则必不徼幸以苟得，而于守身之道得矣。邦之司直则必不阿谀以求容，而于事君之道得矣。既能顺命以持身，又能忠直以事上，此其所以为邦之美士也。"如此说未为不可，但详味语意在首章。"邦之司直，邦之彦兮"者，赞美之辞耳。

《彤弓》三章　辅氏云：大抵此诗云云，疑此说非是。盖"载"与"櫜"是"藏之"之事，"喜"与"好"是"贶之"之心，"右"与"醻"是"飨之"之节耳。当重在首章。

《六月》"有严有翼"　谢氏云：为将必严云云，军事不整。疑此说非是。严、敬二字相因，岂可分属将帅？

《甫田》二章　朱氏曰：齐明牺羊，礼之盛也云云。祈年之祭言之。疑此说非是。此章上下五句，各以韵相叶而互见其义耳。非必报成之祭，无乐以达和，祈年之祭，无礼以备物也。

《思文》"无此疆尔界"　朱氏疏义以此句专指来牟言。疑非作诗者本意。此句文意，正如《鲁颂》之"无小无大"，《书》之"无偏无党"，皆是形容下文耳。

《臣工》"王厘尔成，来咨来茹"　先儒说此二句太支离，愈致窒碍，惟刘须溪"未有所言"一句得之。

《玄鸟》　《三颂》多宗庙乐歌，与《风》、《雅》不同。故其分节，以音韵而不以义理，如"天命玄鸟"至"正域彼四方"，以商、茫、汤、方韵为一节。若义理，则在"方命厥后，奄有九有"处断。分属"商之先后"一段者，以音韵之协也。"商之先后，受命不殆"，正应上文"天命""帝命"。今读《诗》者多不解此。

移文中字，有日用而不知所自，及因袭误用而未能正者。姑举一二：如查字音义与槎同，水中浮木也。今云查理、查勘，有稽考之义。吊，本伤也，愍也。今云吊卷、吊问，有索取之义。票与慓同，本训急疾，今以为票帖。绰本训宽缓，今以为巡绰。盔本盂也，今以名铁胄。镯本钲也，今以名钏属。又如闸朝、闸班课程，其义皆未晓，其亦始于方言与？价直为价值，足毂为足勾，斡运为空运。此类尤多，甚者施之章奏，刻之榜文，此则承讹踵谬，而未能正者也。

佛本音弼，《诗》云："佛时仔肩。"又音拂，《礼记》云："献鸟者佛其首。"注云："佛，不顺也。谓以翼戾之。"禅本音擅，《孟子》云"唐虞禅"

是已。自"胡书入中国",佛始作符勿切,禅始音蝉。今人反以辅佛之佛,禅受之禅,为借用圈科,非知书学者。

僧慧暕涉猎儒书,而有戒行。永乐中,尝预修《大典》,归老太仓兴福寺。予弱冠犹及见之,时年八十余矣。尝语坐客云:"此等秀才,皆是讨债者。"客问其故。曰:"洪武间,秀才做官,吃多少辛苦,受多少惊怕,与朝廷出多少心力?到头来,小有过犯,轻则充军,重则刑戮,善终者十二三耳。其时士大夫无负国家,国家负天下士大夫多矣。这便是还债的。近来圣恩宽大,法网疏阔。秀才做官,饮食衣服,舆马宫室,子女妻妾,多少好受用,干得几许好事来?到头全无一些罪过。今日国家无负士大夫,天下士大夫负国家多矣。这便是讨债者。"还债、讨债之说,固是佛家绪余。然谓今日士大夫有负朝廷,则确论也。省之,不能无愧。

回回教门,异于中国者,不供佛、不祭神、不拜尸,所尊敬者惟一"天"字。天之外,最敬孔圣人。故其言云:"僧言佛子在西空,道说蓬莱住海东,惟有孔门真实事,眼前无日不春风。"见中国人修斋设醮,笑之。初生小儿,先以熟羊脂纳其口中,使不能吐咽,待消尽而后乳之。则其子有力,且无病。其俗善保养者,无他法,惟护外肾,使不着寒。见南人著夏布裤者,甚以为非,恐凉伤外肾也。云"夜卧当以手握之令暖",谓"此乃生人性命之本根,不可不保护"。此说最有理。

太仓未有学校之前,海宁寺僧善定能讲《四书》,里之子弟多从之游。尝与人曰:"为人不可坏了大题目,如为子须孝,为臣须忠之类,是也。"淮云寺僧惟寅亦能讲解儒书。尝语人曰:"凡人学艺须学有迹者,无迹者不能传后。如琴弈皆为无迹,书画诗文有迹可传也。"此亦有见之言,其徒尝诵之。有诘之者曰:"为人而去其天伦,谓之不坏大题目,可乎?为学出日用彝伦之外,而归于寂灭,谓之有迹,可乎?"其徒不能答。

古诸器物异名,屃贔其形似龟,性好负重,故用载石碑。螭吻,其形似兽,性好望,故立屋角上。徒牢,其形似龙而小,性吼叫,有神力,故悬于钟上。宪章,其形似兽,有威,性好囚,故立于狱门上。饕餮,性好水,故立桥头。蟋蝪,形似兽,鬼头,性好腥,故用于刀柄上。螓蛣，其形似龙，性好风雨，故用于殿脊上。螭虎，其形似龙，性好文彩，故立于碑文上。金猊，其形似狮，性好火烟，故立于香炉盖上。椒图，其形似螺蛳，性好闭口，故立于门上。今呼鼓丁，非也。蚭蛥，其形似龙而小，性好立险，故立于护朽上。鳌鱼，其形似龙，好吞火，故立于屋脊上。兽蚭，其形似狮子，性好食阴邪，故立门环上。金吾，其形似美人首，鱼尾，有两翼，其性通灵，不睡，故用巡警。出《山海经》、《博物志》。右尝过倪村民家，见其《杂录》中有此，因录之以备参考。如词曲有"门迎四马车，户列八椒图"之句，"八椒图"，人皆不能晓。今观椒图之名，义亦有出也。然考《山海经》、《博物志》，皆无之。《山海经》原缺第十四、十五卷，闻《博物志》自有全本，与今书坊本不同。岂记此者尝得见其全书欤？

关云长封汉寿亭侯，汉寿本亭名，今人以"汉"为国号，止称寿亭侯，误矣。汉法：十里一亭，十亭一乡。万户以上，或不满万户，为县。凡封侯视功大小，初亭侯，次乡县郡侯。云长汉寿亭侯，盖初封也。今印谱有"寿亭侯印"，盖亦不知此而伪为之耳。

谈星命者，以十二宫值十一曜立说，论人行年休咎。十一曜，宋潜溪尝辩之，而十二宫亦有可以破愚昧者。三代之时，人授五亩之宅，百亩之田，非若后世富连阡陌，贫无立锥，其时田宅未闻余欠也。男则稼穑，女则桑麻，以衣以食。用器不足，以其所有，易其所无。务本者不至乎贫，逐末者不至乎富。其时财帛盖无不足者，子事其父，弟事其兄，少事其长。奴仆惟官府有之，民庶之家，非敢畜也。天子、诸侯、公、卿大夫、士、庶人，后、夫人、妃、嫔、妻、妾，各有定制。男子二十而冠，三十而有室。女子十五而笄，二十而嫁。各有其节，婚姻之早晚，妻妾之多寡，无容异也。乡田同井，死徙无出乡，其时迁移之议，何自而兴？四十始仕，五十命为大夫，七十致仕，出身迟速，官职崇卑之说，何自而起？盖后世上无道揆，下无法守，于是小道邪说以作，虽有聪明才智之士，不能不为之惑。何则？教化不足以深入人心，故人自信不笃，而徇物易移也。

京畿民家，羡慕内官富贵，私自奄割幼男，以求收用。亦有无籍子弟，已婚而自奄者。礼部每为奏请，大率御批之出，皆免死，编配口外卫所，名"净军"。遇赦，则所司按故事奏送南苑种菜。遇缺，选入应役。亦有聪敏解事，跻至显要者。然此辈惟军前奄入内府者，得选送书堂读书，后多得在近侍，人品颇重。自净者，其同类亦薄之。识者以为朝廷法禁太宽，故其伤残肢体，习以成风如此。欲潜消此风，莫若于遇赦之日，不必发遣种菜。悉奏髡为僧，私蓄发者，终身禁锢之，则此风自息矣。

吴中民家，计一岁食米若干石，至冬月，舂臼以蓄之，名冬舂米。尝疑开春农务将兴，不暇为此，及冬预为之。闻之老农云：不特为此。春气动则米芽浮起，米粒亦不坚。此时舂者多碎而为粞，折耗颇多，冬月米坚，折耗少，故及冬舂之。

韩文公《送浮屠文畅师序》，理到之言也。髭缁氏乃以不识浮屠字议讥之。此可见文公高处。盖是平生不看佛书然耳。若称沙门、比丘之类，则堕其窠臼中矣。后人注身毒国，云即今浮屠胡是也。又如世俗信浮屠诳诱，伊川先生治丧不用浮屠之类，皆袭之，而作古者韩公也。

礼不下庶人，非谓庶人不当行，势有所不可也。且如娶妇三月，然后庙见，及见舅姑。此礼必是诸侯大夫家才可行。若民庶之家，大率为养而娶。况室庐不广，家人父子朝暮近在目前，安能待三月哉！又如内外不共井，不共湢浴。不共湢浴，犹为可行，若凿井一事，在北方最为不易。今山东北畿大家，亦不能家自凿井，民家甚至令妇女沿河担水。山西少河渠，有力之家以小车载井绠，出数里汲井。无力者，以器积雨雪水为食耳，亦何常得赢余水以浴。此类推之，意者，古人大抵言其礼当如此，未必一一能行之也。

京师有李实，名牛心红，核必中断，云是王戎钻核遗迹。湖湘间有湘妃竹，斑痕点点，云是舜妃洒泪致然。吴中有白牡丹，每瓣有红色一点，云是杨妃妆时指捻痕。有舜哥麦，其穗无芒，熟时遥望之，焦黑若火燎然，云是舜后母炒熟麦令其播种，天佑之而生，故名。有王莽竹，每竿著土一节，必有剖裂痕，云是莽将篡位，藏铜人于竹中，以应符谶而然。凡此固皆附会之说。然其种异常，亦造化之妙，莫能测也。

杜子美《饮中八仙歌》云："李白一斗诗百篇,长安市上酒家眠,天子呼来不上船。"说者以船为襟纽,窃意明皇或在船,召白,白醉而不能上耳。不必凿说也。唐人韦处士《郊居诗》云："门外晚晴秋色老,万条寒玉一溪烟。"万条寒玉谓竹也。近时作草书者,皆书作萧条寒玉,误也。张继《枫桥夜泊》诗二句云"江村渔父对愁眠",然不若旧本"江枫渔火"为佳。此皆刻本之误也。原本"江枫渔火为佳"之下曰:"但不知继自改定,定于他人尔。"

昆山吕寅叔家贫,授徒为养,平居无故不出门户。每岁春秋祀先师,必半夜预诣学,随班行礼,礼毕辄去,不令县官知。予在昆学数年,见其始终如此,虽阴雨不爽也,可谓笃厚君子矣。

陶浩字巨源,太仓名医,读书有识。景泰间,昆学教谕严先生敏妻病,予时为学生,遣迎巨源治之。严,杭人,适其乡人尚书于公加少保,官其子为千户。严极口誉之,巨源从容曰:"虽曰不要君,吾不信也。"严为默然。巨源之识可想矣。

常朝官悬带牙牌,专主关防出入,与古所佩鱼袋之制不同。观其正面,刻各衙门官名,背面刻出京不用字及禁令可知。天顺三年,浙江乡试策问及之,而终无决断,盖见之不明也。凡在内府出入者,贵贱皆悬牌,以别嫌疑。如内使火者乌木牌,校尉、力士、勇士、小厮铜牌,匠人木牌,内官及诸司常朝官牙牌。若以为荣美之饰,则朝廷待两京为一体,何在京伶官之卑亦有之,而南京诸司尊官,不以此荣美之邪?况古者金鱼之佩,未必出京不用也。

沈质文卿居太仓,家甚贫,以受徒为生。一夕寒不成寐,穿窬者穿其壁。文卿知之,口占云:"风寒月黑夜迢迢,辜负劳心此一遭。只有破书三四束,也堪将去教儿曹。"穿壁者一笑而去,视"世上如今半似君"之句,颇为优柔矣。

张倬,山阴人。景泰初为昆山学训。年未三十,以聪敏闻。典史姜某体肥,尝戏张云:"二十三岁小先生。"倬应云:"四五百斤肥典史。"有玙僧会者,尝对客云:"儒教虽正,不如佛学之博。如僧人多能读儒书,儒人不能通释典是也。本朝能通释典者,宋景濂一人而已。"倬云:"譬如饮食,人可食者,狗亦能食之。狗可食者,人决不食之矣。"此虽一时戏言,亦自可取。

东西长安门,通五府各部处总门。京师市井人谓之孔圣门。其有识者,则曰拱辰门,然亦非也。本名公生门。予官南京时,于一铺额见之。近语兵部同寮,以为无意义,多哗之。问之工部官,以予为然,众乃服。

吏人称外郎者,古有中郎、外郎,皆台省官,故僭拟以尊之。医人称郎中,镊工称待诏,磨工称博士,师巫称太保,茶酒称院使皆然。此前朝俗语相沿之旧习也。国初有禁。

锁钥云者,以其形如箭耳。今锁有圆身者,古制也。方身锁,近世所为。唐人云:"银钥却收金锁合。"误以开锁具为钥。开锁具自名钥匙,亦云锁匙。

卷三

本朝六卿之设，虽祖周官，而六部之名，实沿唐制。但唐之六部，为尚书省之属曹。本朝六部为六尚书之公署。唐以为省名，今以为官名，为不同耳。唐尚书省之制，都堂在中，尚书令、左右仆射、左右丞各一人居之。吏、户、礼三部在东，兵、刑、工三部在西。每部尚书、左右侍郎各一人，各统四司。六部之外，又有左右二司。每司各有郎中、员外郎分理庶务。署覆文案，则有主事。今之六部，特尚书一省之官，户、刑二部属司，比唐制加多耳。又如唐中书省有令、有侍郎、中书舍人、通事舍人，官属颇多。今革中书省，止存中书舍人而已。唐门下省有给事中等官。今革门下省，改通政司，止存其属给事中，分六科而已。唐御史台有御史大夫、御史中丞，其属有三院：台院，侍御史隶焉；殿院，殿中侍御史隶焉；察院，监察御史隶焉。今改御史台为都察院，革侍御史、殿中御史，止存监察御史，分道理事，特唐三院之一耳。唐有学士院、翰林院、集贤院、弘文馆，今皆革去，止存翰林院。其余诸司减省于唐，不能悉数。好议者辄谓本朝官制冗滥，其亦未之考邪？

国初欲建都凤阳，其城池九门，正南曰洪武，南之左曰南左甲第，右曰前右甲第，北之东曰北左甲第，西曰后右甲第，正东曰独山，东之左曰长春，右曰朝阳，正西曰涂山。后定鼎金陵，乃设中都留守司于此。金陵本六朝所都，本朝拓其旧址而大之，东尽钟山之麓。城池周回九十六里，立门十三，南曰正阳，南之西曰通济，又西曰聚宝，西南曰三山、曰石城，北曰太平，北之西曰神策、曰金川、曰钟阜，东曰朝阳，西曰清凉，西之北曰定淮、曰仪凤，后塞钟阜、仪凤二门。其外城则因山控江，周回一百八十里，别为十六门，曰麒麟，曰仙鹤，曰姚坊，曰高桥，曰沧波，曰双桥，曰夹冈，曰上方，曰凤台，曰大驯象，曰大安德，曰小安德，曰江东，曰佛宁，曰上元，曰观音。永乐十七年，改北平为北京。十九年，营建宫殿，寻拓其故城规制，周回四十里。凡九门：

正南曰正阳，南之左曰崇文，右曰宣武，北之东曰安定，西曰德胜，东之南曰朝阳，北曰东直，西之南曰阜城，北曰西直。然其时尚称"行在"，正统七年，诸司题署始去行在字，旧都诸司印文，皆增"南京"字，而两京之制，于是定矣。

昆山本古娄县，梁大同初改今名。其山在今松江府华亭县界。晋陆氏兄弟机、云生其下，皆有文学。时人比之"昆山片玉"，故名。唐吴郡太守赵居贞奏割昆山、嘉兴、海盐三县地，立华亭县，山始分属焉。今为松江九峰之一。昆山县治北之山，自名马鞍。县志引刘澄之《扬州记》，甚明。或有称玉峰者，盖拟之耳。然昆山之神，载在祀典，其祠旧在马鞍山东偏，又似以马鞍为昆山者。

皇陵初建时，量度界限，将筑周垣。所司奏民家坟墓在旁者，当外徙。高皇云："此坟墓皆吾家旧邻里，不必外徙。"至今坟在陵域者，春秋祭扫，听民出入无禁。此言闻之凤阳尹杜长云。于此可见，帝皇气象，包含遍覆，自异于寻常万万也。

南京通政司门下有一红牌，书曰"奏事使"。云洪武间，凡有欲奏事不得至御前者，取此牌执之，可以直入内府，各门守卫等官不敢阻当。国初通达下情如此。成化初年，南京通政司官遇告状，有所知名则不受，甚者挞而逐之。祖宗之法，盖荡然矣。

南京各部皂隶，俱戴漆巾，惟礼部无之。诸司前门俱有牌额，惟兵部无之。云洪武中，逻卒常阴伺诸司得失，礼部皂隶尝昼寝，兵部夜无巡警，皆被逻者取去，故至今犹然。吏部后有敬亭者，仁庙为皇太子监国时，吏部选官，谓之敬选。故云。

永乐七年，太监郑和、王景弘、侯显等，统率官兵二万七千有奇，驾宝船四十八艘，赍奉诏旨赏赐，历东南诸蕃，以通西洋。是岁九月，由太仓刘家港开船出海，所历诸蕃地面，曰占城国，曰灵山，曰昆仑山，曰宾童龙国，曰真腊国，曰暹罗国，曰假马里丁，曰交阑山，曰爪哇国，曰旧港，曰重迦逻，曰吉里地闷，曰满剌加国，曰麻逸冻，曰彭坑，曰东西竺，曰龙牙加邈，曰九州山，曰阿鲁，曰淡洋，曰苏门答剌，曰花面王，曰龙屿，曰翠岚屿，曰锡兰山，曰溜山洋，曰大葛阑，曰阿枝国，曰榜葛剌，曰卜剌哇，曰竹步，曰木骨都东，曰阿丹，曰剌撒，曰佐法儿国,曰忽鲁谟斯,曰天方,曰琉球,曰三岛国,曰浡泥国,曰苏禄国。至永乐二十二年八月十五日,诏书停止。诸蕃风俗土产,详见太仓费信所上《星槎胜览》。

罗修撰伦,上疏论阁老南阳李公夺情事,调泉州市舶提举。章编修懋、黄编修仲昭、庄检讨昶,皆上疏论元夕观灯事,章调知临武,黄调知湘潭,庄调桂阳州判官。李公殁后,淳安商公复入阁,言于上,皆得复其官,于是罗为南京翰林修撰,章、黄皆为南京大理评事,庄为南京行人司副。适庐陵陈公文亦卒,士人有为诗悼之者,末二句云:"九原若见南阳李,为道罗生已复官。"盖章、黄、庄三人之谪,实出上意,而罗之谪,李公不能无意,故云。先是大臣遭父母丧,夺情起复者,比比皆是。至是始著为令,皆终丧三年。夺情起复者,亦间有之,实出朝廷勉留,非复前时之滥。是则罗生一疏之力也。

宣德间,大理寺卿胡概巡抚南直隶,用法严峻。凡豪右之家,素为民害者,悉被籍其产,徙置远方。虽若过甚,而小民怨气,一时得伸。周文襄继之,一意宽厚,富家大户颇被峥嵘。有告讦者,亦不轻理。一讦者面斥公曰:"大人如何不学胡卿? 使我下情不能上达。"公从容语之曰:"胡卿敕书令其祛除民害,我敕书只令抚安军民。朝廷委托不同。"温颜遣之,人服其量。

尝有人临刑以三覆奏得免。或问当此时自觉心神何如,云:"已昏然无所知,但记身坐屋脊上,下见一人面缚。我妻子、亲识皆在其旁。少顷报至,才得下屋。"盖上屋者,其魂,所见面缚者,其身也。观此,则世俗落魂之说,信有之矣。

文皇兵至济南,城未下,以箭书射城中促降。时国子监生济阳高贤宁适在城中,乃作《周公辅成王论》射城外,乞罢兵。未几城下,贤宁被执,云:"此即作论秀才。"文皇曰:"好人也。"欲官之,固辞。其友纪纲劝令就职,贤宁曰:"君是学校弃才,我已食廪有年,不可也。"纲言于上,全其志而遣之,年九十七而终。盖纲前时被黜生,故云"弃才"。于是见贤宁守身之节,文皇待士之度,两得之矣。

吴下每有乡村小夫,语言应对,全不务实。问其里居,如安亭则曰安溪,茜泾则曰茜溪,石浦则曰石川,芝塘则曰芝川,嘹塘则曰嘹溪，涂松则曰松溪。但取新美，不知失其义理。盖亭乃汉制乡都之名，如华亭、夷亭、望亭，皆古名；塘、浦乃吴中水道之名；川与溪则水出两山之间，大而驶者如蜀之东西川，越之剡溪，婺之兰溪，湖之苕霅等溪是矣。苏松之地，平畴千里，塘浦浜港，经纬其间，通潮处其水以时长落，无潮处其水平漫如常，与彼异矣。必欲以川溪名之，亦未为不可。但亭与塘浦，其名传自古昔，初非朝歌、胜母之可憎，柏人、彭亡之可忌。不知何辱于此辈，而必欲更之邪？

江西民俗勤俭，每事各有节制之法，然亦各有一名。如吃饭，先一碗不许吃菜，第二碗才以菜助之，名曰"斋打底"。馔品好买猪杂脏，名曰"狗静坐"，以其无骨可遗也。劝酒果品，以木雕刻彩色饰之，中惟时果一品可食，名曰"子孙果盒"。献神牲品，赁于食店，献毕还之，名曰"人没分"。节俭至此，可谓极矣。学生读书，人各独坐一木榻，不许设长凳，恐其睡也，名曰"没得睡"，此法可取。

壹、贰、叁、肆、伍、陆、柒、捌、玖、拾、阡、陌等字，相传始于国初刑部尚书开济，然宋边实《昆山志》已有之。盖钱谷之数用本字，则奸人得以盗改，故易此以关防之耳。

正统间，南直隶提督学校御史庐陵孙先生鼎，笃信力行之士，言行政事，足以表仪士类。每阅诸生试卷，虽盛暑若灯下，必衣冠焚香，朗诵而去取之。侍者劝便服，先生曰："士子一生功名富贵，发轫于此。此时岂无神明在上？各家祖宗之灵，森列左右，亦未可知。小子岂敢不敬？"故事：士子中小试赴举者，插花挂红，鼓乐道送。时睿皇北狩之报方至，先生语诸生云："天子蒙尘在外，正臣子泣血尝胆之时。吾不敢陷诸生于非礼，花红鼓乐，今皆不用。"乃亲送至察院前门而还。至今人能道之。

凡小说记载，多朝贵及名公之事。大抵好事者得之传闻，未必皆实。如以"旧女婿为新女婿、大姨夫作小姨夫"之句为欧公者，后世婪妻妹辄据以为口实。尝考公年谱，公初娶胥氏，翰林学士偃之女。继娶杨氏，集贤院学士谏议大夫大雅之女。三娶薛氏，资政殿学士户部侍郎奎之女。行状、墓志皆同。是知此说，好事者为之也。此犹未为害事，若某诗话记司马温公私狎营妓，王荆公以诗戏之，其为污染名德甚矣。盖温公固不为此，荆公端人，追之戏之，恐亦非其所屑为也。辟而不信为宜。

侄本妻兄弟之女，古者诸侯之女，嫁与诸侯以娣侄从。《左传》云"侄其从姑"，是已。今人称兄弟之子为侄，不知误自何时。唐狄仁杰谏武后云："姑侄与母子孰亲？"始见于此。然犹称武姓之子为侄，对姑而言之耳。此字随俗称呼则可，若施之文章，不若称从子、族子之类之为愈也。

欧阳公言馂馅之讹，最为可笑。今俗吏于移文中，如价直之直作值，枪刀之枪作鎗，案卓作案棹，交倚作交椅。此类甚多，使欧公见之，当更绝倒也。

唐制，尚书省其属有六尚书，即今六部是已。故唐人结衔云：尚书某部某官。其称尚书者，省名也。本朝六尚书乃六部官名。六部之属，曰某清吏司。各有郎中主之，员外郎、主事为佐。今人书衔，往往蹈袭古式，称尚书某部某官者，不讲时制，而专尚虚夸故也。大抵古人结衔多实，今人多夸。如唐、宋人于本衔之外，书赐紫金鱼袋，或实食若干户之类，盖其常得服用者。近时京官使外国，摄盛而行者，则终身书赐一品服。尝与修《一统志》者，则书国志总裁。前任南京国子监祭酒，后任在京祭酒者，则曰两京国子祭酒。有尝为美官而外补、左迁、革职者，犹书前某官。盖眷恋未能舍也。此虽细事，亦足以观人品矣。

自三代而下，缙绅介胄判为二途者久矣。然综理纲维，其事武士未之能专也。故历代握兵者，必皆文武兼资之才。近代若宋之安抚司，元之行省，皆总州郡兵民之政。国朝建置之初，一切右武，如五军都督，官高六部尚书一阶。在外都司卫所，比布政司。府州官亦然。然什伍之兵，官军之食，修固城隍、缮完兵器之财，皆自府州县而出，岂可判而为二哉？故国初委任权力，重在武臣，事无不济。承平日久，无用武事，则其势自有不可行者矣。今天下兵政不立，兵威不振，正坐此也。使当时谋国者为善后之计，每都司卫所正官俱设文职一员，佐贰仍用武职。除民事不预，凡军中事，宜与布政使司及府州官会同行事，庶乎其可也。然律令有变乱成法之戒，谁得而议之。

当涂民邵某，业合韦，事母孝。母病瞀，日佣归，必买市食以奉母。一日邵出，其妻得蛴螬虫数枚，炙以奉姑，绐云"所亲佳馈也"。姑食而美，乃留二三啖其子。子见之，失声痛哭，母被惊，双目忽开，明如平时。邵欲逐其妻，母曰："非妇毒我，我目当再明，天使妇以此医我也。"邵乃留之终身。

洪武中，京民史某与一友为火计。史妻有美姿，友心图之。尝同商于外，史溺水死，其妻无子女，寡居。持服既终，其友求为配，许之。居数年，与生二子。一日雨骤至，积潦满庭，一虾蟆避水上阶，其子戏之，杖抵之落水。后夫语妻云："史某死时，亦犹是耳。"妻问故，乃知后夫图之也。翌日，俟其出，即杀其二子，走诉于朝。高皇赏其烈，乃置后夫于法而旌异之。好事者为作《虾蟆传》以扬其善，今不传。

国初，江岸善崩，土人谓有水兽曰"猪婆龙"者，搜抉其下而然。适朝廷访求其故，人以猪与国姓同音，讳之，乃嫁祸于鼋。上以鼋与元同音，益恶之，于是下令捕鼋。大江中鼋无大小，索捕殆尽。老鼋逃捕者，不上滩浅，则以炙猪为饵钓之。众力掣不能起，有老渔云："此盖四足爬土石为力耳。当以瓮穿底，贯钓缗而下。瓮罩其头，必用前二足推拒，从而并力掣之，则足浮而起矣。"如其言，果然。猪婆龙，云四足而长尾，有鳞甲，疑即鼋也。未知是否。闻鼋之大者，能食人，是亦可恶，然搜抉江岸，非其罪也。夫以高皇之聪明神智，人言一迁就，祸及无辜如此。则朋党狱兴之时，人之死于迁就者，可胜言哉！

正统初，南畿提学彭御史勖，尝以永乐间纂修《五经四书大全》讨论欠精，诸儒之说，有与《集注》背驰者，尝删正，自为一书，欲缮写以献。或以《大全序》出自御制而止。以今观之，诚有如彭公之见者，盖订正经籍，所以明道，不当以是自沮也。

洪武中，京城一校尉之妻有美姿，日倚门自衒。有少年眷之，因与目成。日暮，少年入其家，匿之床下。五夜，促其夫入直，行不二三步，复还。以衣覆其妻，拥塞得所而去。少年闻之，既与狎，且问云："汝夫爱汝若是乎？"妇言其夫平昔相爱之详。明发别去，复以莫期。及期，少年挟利刃以入，一接后，绝妇吭而去。家人莫知其故，报其夫，归乃摭拾素有仇者一二人，讼于官。一人不胜锻炼，辄自诬服。

少年不忍其冤，自首伏罪云："吾见其夫笃爱若是，而此妇忍负之，是以杀之。"法司具状上请。上云："能杀不义，此义人也。"遂赦之。

高皇尝微行至三山街，见老妪门有坐榻，假坐移时，问妪为何许人，妪以苏人对。又问张士诚在苏何如，妪云："大明皇帝起手时，张王自知非真命天子，全城归附，苏人不受兵戈之苦，至今感德。"问其姓氏而去。翌旦，语朝臣云："张士诚于苏人初无深仁厚德，昨见苏州一老妇深感其恩，何京师千万人，无此一妇也？"洪武二十四年后，填实京师，多起取苏、松人者，以此。

后生新进，议论政事，最宜慎重。盖经籍中所得者义理耳，祖宗旧章，朝廷新例，使或见之未真，知之未悉，万一所言乖谬，非但诒笑于人而已。尝记初登第后，闻数同年谈论都御史李公侃禁约娼妇事。或问："何以使之改业不犯？"同年李钊云："必黥刺其面，使无可欲，则自不为此矣。"众皆称善，予亦窃识之久矣。近得《皇明祖训》观之，首章有云："子孙做皇帝时，止守律与《大诰》，并不用黥刺、荆、劓、阉割之刑。臣下敢有奏用此刑者，文武群臣即时劾奏，将犯人凌迟，全家处死。"为之毛骨竦然。此议事以制，圣人不能不为学古入官者告，而本朝法制诸书，不可不遍观而博识也。

高皇一日遣小内使至翰林，看何人在院。时危素太朴当直，对内使云："老臣危素。"内使复命，上默然。翌日传旨，令素余阙庙烧香。盖余、危皆元臣，余为元死节。盖厌其自称"老臣"，故以愧之。

南京国子监，日有鸥鹏鸣于林间，祭酒周先生洪谟恶之，令监生能捕逐者，放假三日。一时斥弛之士，多得放假。人目为"鸥鹏公"以讥之。其后刘先生俊为祭酒，好食蚯蚓，监生名之曰"蚯蚓子"，以为"鸥鹏公"之对。

子尝题墨竹，以竹为草。或云："草以岁为枯荣，竹耐久不凋，草何足以当之？"予时亦无定见。后见《山海经》叙山之草木，每以竹为草属，始自喜有据。又见晋人论草木之有竹，犹鸟兽之有鱼，自是天地间一种。此说亦奇。

洪武中，大臣为三公者，皆开国功臣，三孤亦无备员，如刘伯温、汪广洋宁封伯爵，而不以公孤加之，其慎重可知矣。永乐中，惟姚广孝为少师。洪熙、宣德以至正统间，大臣为三孤者，亦不过蹇忠定公义、夏忠靖公原吉、黄忠宣公福、黄文简公淮数人，及内阁三杨公而已。至景泰中，有以少傅兼太子少师，以少保兼太子太傅，以太子太保兼尚书都御史，以太子少师少傅少保兼侍郎副都御史、大理卿通政使，又有尚书侍郎兼詹事府詹事等官。公孤师少，在朝不下二三十员。尚书每部二员，侍郎每部三四员，都御史员数，又有甚焉。名爵之滥，未有甚于此时者矣。故当时谣曰："满朝升保傅，一部两尚书。侍郎都御史，多似柳穿鱼。"

景泰间，南京夹冈门外一家娶妇，及门，无妇，乃空轿也。婿家疑为所赚，诉于法司，拘舁夫及从者鞫之，众证云："妇已登轿矣。"法司不能决，乃令遍求之，得之荒冢中。问之，妇云："中途歇轿，二人掖吾入门，时吾已昏然。且有物蔽面，不知其详。至天明，始惊在林墓中耳。"

江西南丰县一寺中佛阁有鬼出没，人不敢登。徐生者，素不检，朋辈使夜登焉。且与约曰："先置一物于阁。翌旦，持以为信，则众设酒饮之。否则有罚。"及暮，生饮至醉而登，不持兵刃，惟拾瓦砾自卫而已。一更后，果有数鬼入自其牖，方上梁坐，生大呼，投瓦砾击之，鬼出牖去。生观其所往，则皆入墙下水穴中，私识之而卧。翌旦，日高未起，众疑其死矣。乃从容持信物而下，众醵饮之。明日率家僮掘其处，得白金一窖，六十余斤。佛阁自是无鬼。

寮友孙司务谦，徐州萧县人。尝言正统间，其里人王某女出嫁，中途下车自便，忽大风扬尘，吹女上空，须臾不见。里人讹言鬼神摄去，父母亲族号哭不已。是日落五十里外人家桑树上，问知为某村某家女，被风括去。叩其空中何见，云："但闻耳边风声霍霍，他无所见。身愈上，风愈寒，体颤不可忍。"其家盖旧识也，翌日送归，乃复成婚。

予之齿者去其角，傅之翼者两其足。或云有齿无角，若犬豕似矣。牛羊有角，未尝无齿也。角当作甪，谓鸟咮，讹为角耳。盖以为兽予之角，则无鸟之咮；鸟傅之翼，则无兽之四足。翼足互言鸟兽，齿角不当专以兽言。此说有理，但考之韵书，甪无释鸟咮义，不知何所据也。

　　成化壬辰岁，陕西陇州雨雹，大者如牛马头，次者如碗，小者如鹅卵。人与牛羊马驴被打死甚多，禾苗尽坏。

　　华亭民有母再醮后生一子，母殁之日，二子争欲葬之。质之官，知县某判其状云："生前再醮，终无恋子之心；死后归坟，难见先夫之面。宜令后子收葬。"松庭叔父传道其事云。

卷四

景泰皇帝即位于正统十四年九月六日，今上时已在储位矣。明年为景泰元年，上皇还自北庭，居南宫。又明年，册己子为皇太子，更封今上为沂王。未几，太子薨，灾异迭见。今南京吏侍章公纶，时为仪制郎中，应诏陈言修德弭灾十四事。内敦孝义一事，尤为剀切。大意谓：太上皇帝君临天下十有四年，陛下向尝亲受册封为臣子，是天下之父也。至以天位授陛下，尊为太上皇，是天下之至尊也。每月朔望及岁时节旦，宜率群臣朝见于延安门，以极尊崇之道。至于储位不可久虚，宜推同气犹子之义，诏沂王复正储位，则和气充牣，欢声洋溢，天心自回，灾异自弭。疏入，上大怒，逮系诏狱，榜掠五日，体无完肤，欲置之死。天忽大风雨沙，狱遂少缓，得不死。初，御史钟同尝讽礼部言此事，因并逮之。明年，南京大理少卿廖公庄亦继公有言，诏廷棰八十，几死。且并棰公暨同，同死狱中。天顺元年，诏首释公，擢为礼部右侍郎，寻改南京礼部，转今官。

古人以病不服药为中治，盖谓服药而误，其死甚速。不药，其死犹缓。万一得明者治之，势或可为耳。以吾所闻见者验之，中治之说有以也。昆山周知县景星家一妇病，腹中块痛。有产科专门者诊之为气积，投以流气破积之剂；又令人以汤饼轴熨之，不效。闻有巫降神颇灵，往问之，云："此胎气也。勿用药。"信之，后果生一男。南京户部主事韩文亮妻病，腹中作痛，按之，若有物在脐左右者。适浙中一名医至京，请诊视之，云是癥瘕。服三棱蓬术之剂，旬余觉愈长，亦以其不效乃止。后数月，生二男。此皆有命而然，可不慎哉！

白恭敏公圭凝重简默，喜怒不形。为兵部尚书日，奏疏悉令属曹正官具草，稍加笔削，人往往以简当服之。公退，即闭阁坐卧，请谒者至，左右拒之，多不得入见而去。故当时有"酣睡不事事"之谤。一中官请托不入，令逻卒阴伺其短以胁。公密召四司官，令戒饬群吏而已，竟不从。公尝再与征讨，累有军功，未尝令家人冒功得官职。此尤过人者。公殁后，刑部尚书项公忠代之，视篆日，语四司云："吾不如白大人有福，尔各司凡事慎之。"未几，项公以事去位。有福者盖轻之之辞，然亦若所谓谶云。

诸葛景，江浦人。尝舒纸赋诗，出思斋外，及得句而入，已有诗书纸上矣。景怪之，不以告人。他日屡试之，皆然，益怪之。因称为大仙，日焚香礼之。凡有诗文，必求代笔焉。尝求一见，书纸云"不许"。及求之愈切，乃期与暮会。景自擢拉一友同候之，至夜，闻户外弹指声，开门出迎，乃一无头人。景遂惊仆，自是求代笔不应矣。杭州李知府端之婿，夜起如厕，不返。家人觅之，门闼扃闭如故，而莫知所之。李惊异，乃升堂鸣鼓，聚群吏遍索之，不可得。次日暮，忽坠于内署，问其去来之故，皆不能知。视其衣服沾污，有黄绿痕，若草树摩戛者，然莫知何谓。二事闻之同年蒋御史宗谊。诸葛盖宗谊之父执，李则其为推官时旧长官也。故言之皆详。

唐章氏二女采桑，母为虎攫，二女号呼搏虎，虎遂弃去，母得免。南唐当涂聂氏随母采薪，母为虎攫去，持刀跳虎背，抱虎项刺杀之，收母尸归。宋嘉祐中南昌分宁女彭氏随父入山伐薪。父遇虎，女抽刀斫虎，父得不死。事闻，诏赐粟帛。宋鄞县女童氏，虎衔其大母，女手曳虎尾，祈以身代。虎弃其母，衔女以去。事闻，祠祀之。永嘉卢氏女与母同行，虎将噬母，女以身当之。虎得女，母乃免。宋理宗朝，封其庙曰孝姑。元余杭姚氏母汲涧，遇虎。姚手殴虎胁，邻人执械器以从，虎置之而去。元建宁官氏其夫耨田，为虎所攫，官弃馌，奋挺连击，虎舍去，负至中途而死。事闻，旌复其家。元滨州人刘平妻胡氏同夫戍枣阳，暮宿道旁，夫被虎噬。胡以刀刺死，夫脱，至中途而死。元至大间建德王氏父耘田舍旁，为豹所攫，曳之升山。父大呼，王以父所弃锄连击豹脑，杀之，父乃得生。客有以刘平妻杀虎图求题，以类考之，得此数人。

朝廷礼制，颁历其一也。颁者，自上布下之谓。钦天监所进者，既颁于内廷，则京尹及直隶各府领于司历者，当各颁于所部之民。各布政司所自印者，亦当如是。今每岁颁历后，各布政司送历于内阁若诸司大臣者，旁午于道，每一百本为一块。有一家送五块者，十块者，廿块者,各视其官之崇卑,地之散要,以为多寡。诸司大臣又各以其所得,馈送内官之在要津者。京师民家多无历可观,岂但山中无历,寒尽知年而已哉?此风不知始于何年,今殆不可革矣。

南京洪武门、朝阳门、通济门、旱西门,皆不许出丧。北京正阳门无敢出丧者,余皆不禁。大明门前虽空棺,亦不许过。各门空棺,亦不许异入。尝有不知此禁者,文臣家住阙西,买棺阙东,已而不得过,乃从北上门过,绕宫墙而至其家。亦有带寿椟上京,知有禁,寄门外而止。古人入国问禁,良有以也。外京城则无禁,以为禁者,军卫索赂之术也。如仕辽东,故者,返枢必由山海城入;仕陕西,故者,返枢必由潼关城入;仕口外,故者,必由居庸等关入。此外无他途矣。

府军前卫幼军年六十,验有老疾者,兵部引至御前,奏过疏放。京营随操军职避事逃者,管队官具奏通政司引奏缉捉。军民身躯长大,自愿投充将军者,通政司亦引奏。予登进士时,犹见之。及为职方主事,疏放幼军,缉捉逃官,奏本皆封进,收充将军告通状,送部施行而已。盖尚书白公以为幼军疏放,多疲癃残疾之人,职官不当在逃。恐四夷来朝者在廷,听望不美,故奏止之。收将军细事,不当烦渎圣听,故禁之。古人谓为官生一事不如省一事,公于是不但省事,且得处事之义矣。

予登进士,观政工部。父执徐翁孟章谓予曰:"仕路乃毒蛇聚会之地,君平昔心肠条直,全不使乖,今却不宜如此。坐中非但不可谈论人长短得失,虽论文谈诗,亦须慎之。不然,恐谤议交作矣。"予初不以为然,后为职方主事,考满,同年与予有隙者,适在河南道,遂以考语中之,吏部询之舆论而寝,且一岁得连迁。予于是始信徐翁之言为不妄,而又喜人自有命,非作恶者所能害也。

洪武中,内官仅能识字,不知义理。永乐中,始令吏部听选教官入内教书。正统初,太监王振于内府开设书堂,选翰林检讨正字等官入教。于是,内官多聪慧知文义者。然其时职专办内府衙门事,出差者尚少。宣德间,差出颇多,然事完即回。今则干与外政,如边方镇守、京营掌兵、经理内外仓场,提督营造珠池、银矿、市舶、织染等事,无处无之。尝在通州遇张太监,交阯人,云永乐年间,差内官到五府六部禀事，内官俱离府部官一丈作揖，路遇公侯驸马伯，下马旁立。今则呼唤府部官如呼所属。公侯驸马伯路遇内官，反回避之，且称呼以翁父矣。

书之同文，有天下者力能同之。文之同音，虽圣人在天子之位，势亦有所不能也。今天下音韵之谬者，除闽、粤不足较已。如吴语黄、王不辨，北人每笑之，殊不知北人音韵不正者尤多。如京师人以步为布，以谢为卸，以郑为正，以道为到，皆谬也。河南人以河南为喝难，以妻弟为七帝。北直隶、山东人以屋为乌，以陆为路，以阁为杲，无入声韵，入声内以缉为妻，以叶为夜，以甲为贾，无合口字。山西人以同为屯，以聪为村，无东字韵。江西、湖广、四川人以情为秦，以性为信，无清字韵。歙、睦、婺三郡人，以兰为郎，以心为星。无寒、侵二字韵。又如去字，山西人为库，山东人为趣，陕西人为气，南京人为可去声，湖广人为处。此外，如山西人以坐为锉，以青为妻；陕西人以盐为年，以咬为襄；台、温人以张敞为浆抢之类。如此者，不能悉举，非聪明特达常用心于韵书者，不能自拔于流俗也。

李文达公贤在内阁时，太监曹吉祥尝在左顺门，令人请说话。文达语云："圣上宣召则来，太监请，不来也。"曹乃令二火者掖而至，文达云："太监误矣。此处乃天子顾问之地，某等乃谨候顾问之官。太监传圣上之命，有事来说，自合到此，岂可令人来召耶？"曹云："吾适病足耳，先生幸恕罪也。"闻李公殁后，有事，司礼监只令散本内官来说，太监不亲至。今日阁老请太监议事，亦不至矣。内阁体势之轻，又非前比。

番僧有名法王若国师者，朝廷优礼供给甚盛。言官每及之。盖西番之俗，一有叛乱仇杀，一时未能遥制，彼以其法戒谕之，则磨金铦剑，顶经说誓，守信惟谨。盖以驭夷之机在此，故供给虽云过侈，然不烦兵甲刍粮之费，而阴屈群丑，所得多矣。新进多不知此，而朝廷又不欲明言其事，故言辄不报。此盖先朝制驭远夷之术耳，非果神之也。后世不悟，或受其戒，或学其术，或有中国人伪承其绪而篡袭其名号，此末流之弊也。成化初，一国师病且死，语人云：吾示寂在某日某时。至期不死，弟子耻其不验，潜绞杀之。凡法王国师死中国者,例得营造墓塔。时固安王公复为工部尚书,奏言此僧平素受国赐赉,积蓄颇多,宜藉以营造墓塔,不须动支官钱。人以为得宜。

成化初,给事中张宁等欲上疏乞起曹州李公秉为兵部尚书,河州王公竑掌都察院事。恐左右或间之,密以奏草示南阳李公,且求调护。公视其草,哂之,复正言曰:"荐人但当言其人可用。若预拟某为某官,于事体得无碍乎?"宁深服之,乃退而易草以进。翌日,御批出,王为兵部,李掌院事。后有问其故者,文达云:"事在朝廷,不可知也。意者,上以王公度忠邪太明,以置之彼处,恐或不静而然耶?"人服其有识而慎。

大同猫儿庄,本北虏入贡正路。成化初,北使有从他路入者,上因守臣之奏,许之。时姚文敏公夔为礼书,奏请筵宴赏赐一切杀礼。北使有后言,姚令通事谕旨,云:"故事:迤北使臣进贡,俱从正路入境,朝廷有大筵宴相待。今尔从小路来,疑非迤北头目,故只照他处使臣相待耳。"北使不复有言。人以为得驭夷之体。

《诸司职掌》,职方郎中、员外、主事之职,掌天下地图及城隍、镇戍、烽堠之政。其目有五:一曰城隍,二曰军役,三曰关津,四曰烽堠,五曰图本。余皆未载。以今职掌事件记于左方:

整点军士	奏报声息 此二事原隶司马部即武选司今隶职方司	
出征动调官军	京营军马	京城门禁
五城兵马巡逻	月报军马京营	季报军马京卫
岁报军马天下都司卫所	推举边将	举用将才
边将失机	传报边情	来降夷人
虏中走回人口	将军	勇士
民壮	弓兵	幼军
土兵	向导	盗贼
盐徒	漕运官军	编发充军
投充军	军伴	军匠
内府幼匠	土官仇杀	

本朝将军之名不一,如云:子授镇国将军,孙授辅国将军,曾孙授奉国将军之类,为亲王子孙应授官职之名。如云:初授骠骑将军,

升授金吾将军，加授龙虎将军之类，为武臣给授散官之名。如：征南将军、镇朔将军、平羌将军之类，为各边挂印总兵官之名。职方司职掌收充将军与上项不同。盖选军民中之长躯伟貌者，以充朝仪耳。今谓之大汉将军。优姁所称陛楯郎，疑即此也。凡大朝会若夷使入贡，天子御正殿。大汉将军著饰金介胄，持金瓜铁钺刀剑，列丹陛上。常朝著明铁介胄，列门楯间。其次等者，御道左右，及文武官班后，相向握刀布列。凡郊祀临籍田太学，銮舆出入扈从，以行宿卫巡警之事，则以侯伯都督系国戚者统之。其常朝宿卫，各以番上，谓之正直。有大事，无番上，谓之贴直。正直者，金牌相传悬挂。贴直者，尚宝司奏而给发。事毕复纳之。

甲午北征，归自宣府，过土木，尝询问己巳车驾蒙尘事。有老百户云："初，大军出关，以此地有水草之利，因以安营建牙。初忽有枭集其上，人心疑之。且此山旧有泉一道，流入浑河，未尝干涩，至此适涸，乃议移营近浑河以就水。虏遥见军马移动，遂群噪而冲至。未及交兵，我师颠顿，莫能为计，相与枕藉于胡马蹴踏之余矣。由是车驾蒙尘，太师英国公、兵部邝尚书等皆不知所存。"盖北人临阵必待人动，彼才动，使我师坚壁不移，其败未必如此之速也。先是，大臣亦尝七奏劝上班师，皆不听，盖王振主之也。自是虏酋也先乘胜入寇，躐夷障塞，驱掠人畜，攻陷州县，驯至逼近京师矣。盖宦者喜宁本夷种，土木之败降虏，为其向导，故以后猖獗特甚也。于时赖少保于公，内总机宜，外修兵政，而武强侯杨洪、武清侯石亨又皆戮力捍御，故能保固京师，奠安社稷也。近见翰林文臣叙此事，谓尝与虏战而失利，盖知之未真耳。

古人嗜味之偏，如刘邕之疮痂，僻谬极矣。予所闻亦有非人情者数人。国初名僧泐季潭喜粪中芝麻，杂米煮粥食之。驸马都尉赵辉，食女人阴津月水。南京内官秦力强喜食胎衣。南京国子祭酒刘俊喜食蚯蚓。宣府、大同之墟产黄鼠，秋高时肥美，土人以为珍馔。守臣岁以贡献，及馈送朝贵，则下令军中捕之。价腾贵，一鼠可值银一钱，颇为地方贻害。凡捕鼠者，必畜松尾鼠数只，名"夜猴儿"，能嗅黄鼠穴，知其有无，有则入啗其鼻而出。盖物各有所制，如蜀人养乌鬼以捕鱼也。

国初官马，养于各苑马寺各监苑而已。永乐中，始以官茶易和林等处马，养之民间，谓之"茶马"。正统十四年，京师有警，乃选取以备军资，养于顺天府近京属县，谓之"寄养骑操马"。及京师无事，寄养之马不复散去，至今遂为故事。每岁孳生陪补之法，悉与各处"茶马"无异。养马之家，虽云量免粮差，而陪补受累者多。北方民力疲弊，此其大端也。成化丁酉，予尝差往畿内及山东、河南三处印马，咨访马政之弊。力能行者，尝为处置一二。其最害事者，牝马，每岁通淫而不孕，谓之"飘沙"。新乐县一家养此马，每三年陪二驹，九年已陪六驹。产已废矣，有司莫肯为理。予为核实，呈于本部，拟行各府县，如民间有此，勘验无诈，以马送驿走递，别给课马，责令领养孳生，以纾民患。适该司一无状者掌事，以予为掠美而寝之。

凡空屋久闭者，不宜辄入，宜先以香物及苍术之类焚之。俟郁气发散，然后可入。不然，感之成病。久闭智井窨窖，尤宜慎之。御医徐德美寓京日，家人方春入花窖。窖深，久不起。疑之，又使一人入焉，亦久不起。然炬照之，二人皆死其中，盖郁毒中之也。

《相马经》相口齿止于三十二岁，异相者寿五十四十，然世罕有之。京师李千户者，马死，哭之，人怪问焉。曰："此马与予同年生，予今六十岁。马死，予死无日矣。非悲马，盖自悲耳。"乃知物亦有禀赋特厚者，固不可以常数拘也。

"昔公孙弘对策于汉武之朝，有曰：'心和则气和，气和则形和，形和则声和，声和则天地之和应矣。故阴阳和，甘露降，五谷登，六畜蕃，嘉禾兴，朱草生，山不童，泽不涸，此和之至也。'《中庸》曰：'致中和，天地位焉，万物育焉。'观今日上下之心，和邪，不和邪？伤天地之和气者谁欤？使盲风怪雨发作者谁欤？凶年饥岁，老弱将转乎沟壑矣。思天下有溺，由己溺之，思天下有饥，由己饥之者，又谁欤？庖有肥肉，厩有肥马，民有饥色，野有饿莩。当此之时，为民父母，不以由己饥之、由己溺之之心处之，而泛泛然迎请超果寺观音大士至普照，有同儿戏。具文之祷祈，安能召和气而回戾气哉！为今之计，莫若讲行救荒之政，平籴价以纾民力，行赈济以救饥贫，放商税以通客旅，清狱讼以伸冤枉，察吏奸以禁贿赂，抑小人以扶君子，通下情以疗民瘼。凡可以弭灾异、召和气者，尽心力而为之。忧国愿丰，出于一念之诚，则大士不须祈祷，而慧日自呈。人事和而天理见，惟阁下留意。幸甚"。此松江僧顺昌《祈晴上府官疏》。凡僧人文字，多道佛之灵异，及奉佛利益，未有能自指斥其无益者。国初名僧如复见心辈，亦不免此。此僧独出正论，且以为有同儿戏，可谓超乎流俗者矣！读之起敬。

高文义公縠无子，置一妾。夫人素妒悍，每间之不得近。一日，陈学士循过焉。留酌，聚话及此。夫人于屏后闻之，即出诟骂，陈公掀案作怒而起，以一棒扑夫人，仆地，至不能兴。高力劝，乃止。且数之曰："汝无子，法当去。今不去汝而置妾，汝复间之，是欲绝其后也。汝不改，吾当奏闻朝廷，置汝于法，不贷也。"自是妒少衰，生中书舍人岖。陈公一怒之力也。

范希荣者，文正公之裔孙。其先有为京官者，因家京师。尝与他商行货，道遇暴客，见其姿美，问之曰："汝非秀才乎？"希荣曰："然。吾本范文正公之后。"暴客曰："好人子息也。"凡舟中之货，悉令认留，不取而去。文正公之荫庇后人矣，虽暴客犹知爱之，况他人乎！

鸟鼠同穴之说，自幼闻之。及读《禹贡》蔡氏传，则以为二山名，颇疑之。后访陕西人，庄浪山鸟鼠二物同穴，同穴而处，遂为雌雄，行者多见之。盖仲默理学之士，止据常理以自信，殊不知物之以类自为配偶，此理之常。亦有非常理所能该括者，如螽与蚯蚓异类，同穴而交，龙与马交，蛇与龟雉交，蜈蚣多与促织同穴。浙东海边有小蟳，名琐蛣，壳中必有一小蟹，失蟹则死，皆异类也。知此则鸟鼠之同穴，无足怪矣。

朱子注《诗》云：黍，谷名。苗似芦，高丈余，穗黑色，实圆重。稷，亦谷也。一名穄，似黍而小。尝与北人论辨黍之形似，乃知所谓"苗似芦，高丈余"者，即今南方名"芦粟"，北方名"蜀秫"，其干名"秫秸"者是已。盖自是一种，非黍也。其所谓"一名穄，似黍而小"者，此乃是黍，非稷也。今北人谓黍为黄穄，又名黄米，粘腻可酿酒，则黍之名穄明矣。稷与黍甚相似，但不可酿酒耳。其注"鹤"云：顶赤身白，颈尾黑。黑羽实生于翅，非尾。此皆一时之误。

　　都指挥本在外方面官，京师各卫指挥有功，升都指挥而未得外选者，或在京营管事，或在各处守备，仍于原卫支俸。其列衔皆云某卫带俸都指挥。盖以别京师无方面官，此时制也。又有军职犯私罪者，例该革仕带俸差操。带俸之名虽同，其实无妨。近者，有以都指挥掌锦衣卫事者，以带俸字自嫌，妄意去之。礼部于登科录列衔，亦遂其非而刻版印行，若定制然。是以其在权要之地，而贬制度以顺之也。使生杀予夺自己出者，以势临之，礼仪制度欲不紊乱，得乎？

　　唐人避讳甚者，父名"岳"，子终身不听乐；父名"高"，子终身不食糕；父名"晋肃"，子不举进士，最为无谓。今士大夫以禁网疏阔，全不避忌。如文皇御讳，诗文中多犯之。杨东里作"棠秋"，似为得体。

　　马之性善惊，故惊骇字从马。女之性善妒，故嫉妒字从女。冯笃之从马，威委之从女，亦各有义。

　　湖广长阳县龙门洞有鸟，四足如狐，两翼蝙蝠，毳毛黄紫，缘崖而上，乃翥而下，名曰飞生。有怪鸥，狸首肉角，断箸使方而衔之，呱呱而鸣，名曰"负版"，遇之则凶。

　　蜀中气暖少雪，一雪，则山上经年不消，山高故也。大理点苍山，即出屏风石处。其山阴崖中，积雪尤多。每岁五六月，土人入夜上山取雪，五更下山卖市中，人争买以为佳致。盖盛暑啗雪，诚不俗也。

　　宋景濂先生以文学际遇高皇，礼眷特优。洪武十四年，其孙慎犯罪，举家当坐重辟。上不忍，特赦景濂，安置四川茂州。未至，殁夔府，葬莲花池山下。成化间，墓坏，巡抚都御史池州孙公仁为迁葬成都，适蜀王府宋承奉昌新作寿，藏于成都东门外。孙公令人求以葬先生。承奉以其同姓名人也，慨然许之，因以葬焉。计其直，可费白金千两。夫自开国以来，将相大臣，功名富贵，烜赫一时者多矣。没齿之后，陵谷变迁，不能保其坟墓者有矣。非国有恩典，谁复为经营之。先生之殁百余年矣，而其良会如此。于是益有以见秉彝好德之心，不以远近亲疏而有间也。

卷五

宗人府署印、内府管将军、宿卫、中都留守，旧规皆以国戚充之，勋臣非在戚里，不得与也。今署宗人印者如故。管将军非国戚者，自安远侯柳景始。留守非国戚者，自都指挥孙安始。一则夤缘缙云侯，一则夤缘汪直，皆命由中出，此亦政体一变也。

京师元日后，上自朝官，下至庶人，往来交错道路者连日，谓之拜年。然士庶人各拜其亲友，多出实心。朝官往来，则多泛爱不专。如东西长安街，朝官居住最多。至此者不问识与不识，望门投刺，有不下马，或不至其门令人送名帖者。遇黠仆应门，则皆却而不纳。亦有闭门不纳者。在京仕者，有每旦朝退即结伴而往，至入更酣醉而还。三四日后，始暇。拜其父母，不知是何风俗，亦不知始于何年。闻天顺间，尚未如此之滥也。

景泰年间，吏部尚书王公文、户部尚书陈公循，皆以少保大学士居内阁。王之子伦、陈之子瑛，顺天府乡试俱不中式，二公交章指摘考试官刘俨之失。欲罪之，上不罪俨，而许伦、瑛得会试。是以阿附者，有"钦赐举人"之称，此亦一代异事也。其后文遇害，循谪戍，俨卒官，谥文介。

折叠扇，一名撒扇。盖收则折叠，用则撒开，或写作"箑"者，非是。箑即团扇也。团扇可以遮面，故又谓之"便面"。观前人题咏及图画中可见已。闻撒扇自宋时已有之，或云始永乐中，因朝鲜国进松扇，上喜其卷舒之便，命工如式为之。南方女人皆用团扇，惟妓女用撒扇。近年良家女妇亦有用撒扇者，此亦可见风俗日趋于薄也。

岳季方能画葡萄，尝作《画葡萄说》。近于宣府李士常家见其自书一通，笔画清劲不俗。其言葡萄本中国名果，重自上古，神农九种，功力为最。世谓得之大宛，归种汉宫，皆未之考。意者初不经见，而博望、贰师之所得者，又将特异，遂附会之。此说有见。又云："其干臒者，廉也。节坚者，刚也。枝弱者，谦也。叶多荫者，仁也。蔓而不附者,和也。实中果可啖者,才也。味甘平,无毒,入药力胜者,用也。屈伸以时者,道也。其德之全,有如此者。"予谓中果入药分才用,似未稳。屈伸以时,人亦难晓。盖京师种葡萄者,冬则盘屈其干而庇覆之,春则发其庇而引之架上,故云。然此盖或种于庭,或种于园,所种不多,故为之屈伸如此。若山西及甘、凉等处,深山大谷中,遍地皆是,谁复屈之伸之。

"皇宋第十六飞龙,元朝降封瀛国公。元君召公尚公主,时承锡宴明光宫。酒酣伸手扒金柱,化为龙爪惊天容。元君含笑语群臣,凤雏宁与凡禽同。侍臣献谋将见除,公主泣泪沾酥胸。幸脱虎口走方外,易名合尊沙漠中。是时明宗在沙漠,缔交合尊情颇浓。合尊之妻夜生子,明宗隔帐闻笙镛。乞归行宫养为嗣,皇考崩时年甫童。元君降诏移南海,五年乃归居九重。忆昔宋祖受周禅,仁义绰有三代风。至今儿孙主沙漠,吁嗟赵氏何甚隆"。此诗旧录于乡人过指挥。问其所从来,云得之上虞布衣袁铉,未知何人作也。后于王元直学正家阅福建闽县《志书》,始知为闽人俞应则所作。若其事,则备载钱塘瞿宗吉《归田诗话》及袁忠彻《符台外稿》。然忠彻以此为虞伯生作,则非也。玩味诗中"至今儿孙主沙漠"之句,似言元君避归沙漠后事。应则其国初人与?

本朝自己巳之变,各边防守之寄,益周于前。如各方面有险要者,俱设镇守太监、总兵官、巡抚都御史各一员,下人名为"三堂"。宣府大同、辽东、陕西三边,又有协守、分守、游击等官,其制尤为缜密。但近来添设颇多,姑举北直隶言之,如蓟州、永平、山海等处,密云、古北等处,居庸关等处,各有镇守内官。鲇鱼石等营,黄崖口等营,台头营、山海等处,永平太平寨、青山营、蛾眉山营、遵化、滦阳等关,刘家口等处,黄花镇、紫荆关、倒马关,凡二十四处,各有守备内官、武官称是。夫武官分布要害,遇有警急,各任其责。内官之设,既非令典,今以数百里之地,其多如许。况此辈原无禄食,太平之时,日费颇丰,不免取诸所部,孰敢谁何? 万一事起不测,折冲御侮,必赖将臣,彼亦无能为也。或犯吏议朝廷,又多原之。军力之疲敝,军政之不修,有由然矣。

朝廷盛礼，庆成宴其一也。而礼官多因时迁就，不惬公论识者，不能无议焉。成化间泰和杨导叔简为尚宝卿，有以六品、七品位其上者，叔简贻书叶文庄公，有云：庆成之宴，非所以酬讲读之劳，荣有事也。中左之序，非所以彰弹劾之能，念骏奔也。而票名之设，戾于告示，亦愚弄贤士矣。暗定之计，形于手本，岂非尊礼势要乎！以经筵为讲读之官，则符宝所司，盖实密务。况其间有去翰林而任春坊者，以给舍为近侍之列，则尚宝正官，实非外属。又其间有正七品、从七品之异乎！不肖承乏近侍，廿载有余。每以司丞列于银台棘寺之亚。今以正卿班于经筵给事之后，岂有司仓卒所致，而不加思乎！事有因时损益者，必不悖朝廷，莫如爵之训；礼有缘人情起者，岂亦恃君子，无所争而为云云。叔简与文庄素厚，而必贻之书者，亦庶几其能行之乎！

城隍之在祀典，古无之。后世以高城深池捍外卫内，必有神主之，始有祠事。惑于理者，衣冠而肖之，加以爵号，前代因袭，其来久矣。洪武元年，各处城隍神皆有监察司民之封，府曰公，州曰侯，县曰伯，且有制词。盖其时皇祖尚未有定见。三年，乃正祀典，诏天下城隍神主，止称某府城隍之神、某州城隍之神、某县城隍之神。前时爵号，一切革去。未几，又令各处城隍庙内屏去间杂神道。城隍神旧有泥塑像在正中者，以水浸之。泥在正中壁上，却画云山图。神像在两廊者，泥在两廊壁上。此令一行，千古之陋习为之一新。惜乎！今之有司多不达此，往往塑为衣冠之像。甚者，又为夫人以配之。习俗之难变，愚夫之难晓，遂使皇祖明训，托之空言，可罪也哉！

释迦生周昭王二十四年四月八日。中国人奉佛教者，于是日祀其神。周正建子，四月即今之二月也。今以夏正四月八日为佛生日，非也。此说出瞿仙，最为有见。然今朝中以四月八日为佛节，赐百官吃不落荚，莫有觉其非者。

天顺七年二月十二日，兵部奉特旨，遣使臣下旱西洋，曰哈哩地面、曰撒马儿罕地面、曰哈什噶尔地面、曰阿速地面、曰吐鲁番地面、曰哈密地面、曰乩加思兰处。各正副使一员，皆外夷人仕中朝者，或大通事、或都督、或都指挥等官，皆有主名矣。居无几何，寝而不行。

或云李文达公之力也。此事一行，朝廷爵赏靡费，固不可言。而沿途军民劳苦，损费亦何纪极。况异时启衅，又未可知。使此事果自李公而止，正所谓仁人之言也。

诸司官御前承旨，皆曰"阿"，其声引长。《老子》云："唯之与阿，相去几何？"则"阿"为应辞，其来远矣。

京营之制，国初止有五军营。五军者，中军、左掖、右掖、左哨、右哨也。此外有曰大营、曰围子手、曰幼官舍人营、曰十二营，皆五军营之支分。每营各有坐营把总官，多寡不等。永乐初，始以龙旗宝纛下三千小达子立三千营，内有坐营、管操、上直、披明甲等官。又有随侍营，则三千营之支分也，亦有坐营官以统之。神机营，永乐中征交阯，得其神机火箭之法，因立是营。亦有中军、左右掖、左右哨，各有坐营、把司、把牌官。又有曰五千下者，永乐中，得都督谭广马五千匹，今所谓谭家马者，即此。别有坐营、把司官统之，此则神机营之支分也。已上旧名三大营。至成化初年，以言者议，选取三大营精兵，设立团营十二：曰奋武、曰耀武、曰练武、曰显武、曰敢勇、曰果勇、曰效勇、曰鼓勇、曰立威、曰伸威、曰扬威、曰振威，每营各有坐营把总官统之。遇出征，即量调以行。三大营所存无几，名曰"老家儿"，专备营造差拨等用。十二团营精兵在京各卫，并在外各都司所属，及南北直隶卫所，共二十五万，分为春秋二班，团操听调。此京营制度之大略也。

平江侯陈公豫镇守临清日，馆客作诗，有"檐前络纬啼"之句。侯谓草虫不可言啼，遂疏之。不知"络纬啼"，李太白已道之矣。客终无以自明，二人盖未尝读李诗故也。成化间，有吏建言时事，礼科给事中忌之，以激厉风俗之厉不从力，参送法司问罪。不知厉本古字，《汉书》凡云风厉、勉厉，皆不从力。此吏亦不能自明，二人盖未尝读《汉书》故也。兵科给事中阅兵部题本，以伎不从女，呼吏答之。翌旦，有不平者令受答吏执韵书以进，乃赧颜慰遣之。此盖识俗字，不识古字故也。凡遇人文字，所见未的，辄疵议之，后能无悔也乎！

青州生员古清，恃才妄作，凌虐乡里。死葬后，人发其尸，支解之，悬于林木。浚县王都宪越之父既葬，被发而丧其元，求之不得，乃刻木以代而葬之。后食酱至瓮底，其元在焉。王以是终身不食酱。尝闻之僚长张文谨云。

尝闻火鸡食火，犀食棘刺，野羊刳腹取脂，脂复生。又见《列子》等书言，昆吾之剑，切玉如泥。火浣之布，入火愈鲜。不灰之木，火爇不坏。皆未之信。近日满剌加国贡火鸡，躯大于鹤，毛羽杂生，好食燃炭。驾部员外郎张汝弼亲见之。甘肃之西有饕羊，取脂复生。闻之高阳伯李文及彼处奏事人云。然犀之食棘刺，则予所亲见也。火浣布，友人凌季行有一缕如指，不灰木译史刘梗有束带，以火验之，信然。由是观之，切玉之剑，盖或有之，特未之见耳。

闻都御史朱公英云：广东海鲨变虎，近海处，人多掘岸为坡，候其生前二足缘坡而上，则袭取食之。若四足俱上坡，则能食人，而不可制矣。又闻按察使孔公镛云：广西蚺蛇，其大者，皮甲鳞皴，杂生苔藓，与山石无辨。獐鹿误从摩痒，则掉尾绞而吞之。土人取其胆，则转腹令取，略不伤啮。后复遇人取胆，仍转腹以瘢示之，人知其然，亦不复害也。

十三道御史与六部各司平行文移，谓之手本。御史有欠谨厚者，颇以言路自恃，署名字文寸许。一郎官厌之，贻之口占云："诸葛大名垂宇宙，今人名大欲何如？虽于事体无妨碍，只恐文房费墨多。"诸司传闻，以为谈笑。大书之风，由是稍息。或云郎官为王兵侍伟。

尝阅旧簿书，正统、景泰间会议，五府、六部、都察院、大理寺、通政司之外，有阁老及掌科，无掌道官。今有十三道，而阁老不与，闻始自李文达公上请而然。各道与议，不知始何时。景泰间，各边镇守巡抚官会本奏事，及兵部覆奏，皆以总兵官为首。今皆首内臣。天顺以前，公侯伯都督管营者，止称坐营官。总兵之名，乃下人私相称谓，移文中无之。其以总兵自称，则近年始。及汪直用事时，边方事皆令兵部与总兵官计议，则总兵之称，又出自御笔矣。盖内阁大臣非止养望而已，庙堂谋议，非所辱也。御史职主纠察，一与会议，虽谬误，不复可言矣。拉使与议，殆以箝其口耳。各边总兵，挂将军印，奉制敕，得专生杀之柄，宜非他官之所当先。今朝鲜国王咨文，惟咨辽东总兵官是已。律中所谓总兵官，盖指挂印征进者。若京师六军，总于天子，非臣下所得而专制也。此皆故事之因时而异者，然一成而不可变矣。

苏州自汉历唐，其赋皆轻。宋元丰间，为斛者止三十四万九千有奇。元虽互有增损，亦不相远。至我朝止增崇明一县耳，其赋加至二百六十二万五千九百三十五石。地非加辟于前，谷非倍收于昔，特以国初籍入伪吴张士诚义兵头目之田，及拨赐功臣与夫豪强兼并没入者，悉依租科税，故官田每亩有九斗八斗七斗之额，吴民世受其患。洪武间，运粮不远，故耗轻易举。永乐中，建都北平，漕运转输始倍其耗，由是民不堪命，逋负死亡者多矣。宣宗明烛是弊，诏官田减税三分。时格于国用不足之议，事遂不行。郡守况钟抗章上请，得遵优旨，共减税粮七十二万余石。又得巡抚周文襄公存恤惠养二十余年，岁丰人和，汔可小康。自后水旱相仍，无岁无之，加以运漕亏折，赔赃不訾，民复困瘁。况沿江傍湖围分，时多积水，数年不耕不获，而小民破家鬻子，岁偿官税者，类皆重额之田，此吴民积久之患也。

京师巨刹大兴隆、大隆福二寺，为朝廷香火院。余有赐额者，皆中官所建。寺必有僧官主之，中官公出，必于其寺休憩。巧宦者率预结僧官，俟其出则往见之，有所请托结纳，皆僧官为之关节。近时大臣多与僧官交欢者以此。京卫武学之东智化寺，太监许安辈以奉王振香火者。天顺间，主之者僧官然胜，读书解文事。时阎禹锡以国子监丞掌武学事，胜则往拜焉。禹锡托故不见。他日，馈茶饼，却之；以诗投赠，又却之。终始不与往还。禹锡可谓刚介之士，其贤于人远矣。

汤都指挥胤绩，博学强记，论议英发，为诗文亦雄健有气。然性傲妄，眼空时辈，于朝士有一日之长，辄以贤弟贤侄呼之，人多不堪。以其有时名，不较也。成化初，言者以将材荐，有"才兼文武，可当一面"之语，戏者以"汤一面"名之。陕西孤山颇号险要，适参将员缺，兵部以胤绩举充。即镇未久，有故人来谒，呼酒共饮，适报虏数骑薄城下，胤绩语故人云："先生姑自酌，吾往生擒其人来与观也。"方出城未远，有人伏沟中，一箭中咽而毙。人又名之曰"汤一箭"云。此可以为将官夸大轻率之戒。

御史职司风纪，中书舍人供奉丝纶，其任皆不薄也。名器之轻重，衣冠之荣玷，则系其人焉。近时一进士平素出入阁老万公之门，得改翰林庶吉士。万病阴痿，吉士自誉善医，具药沈为洗之，因得为御史。翌圣夫人之侄季通，以门荫官中舍，一同寮济宁人与通友善，尝得归省，以箧寄通所，封镝甚固。夫人素谙世故，命启视之。其人固辞，夫人不许，乃强启之。一箧有旧衣数件，其下皆书籍，一箧旧衣下皆土墼。夫人大怒曰："他日欲诬我家耶？"命毁之。通跪请，乃令自担其二箧去。时人为之语曰"洗鸟御史"、"挑土中书"。一时同官者气为沮丧，其辱败士风甚矣。

文庄叶公巡抚两广时，素与邱内翰仲深不合。邱每投间毁之。庚辰进士广西张某尝短叶于邱，邱因为先容，进谒李文达，言贼至城下，叶犹咏诗不辍，且杀无辜之民为功。文达素知叶公，默识而已。盖张某归省时，叶尝知其不检，疏之，由是致怨，邱之不察也。邱素知文事非文达所长，且复护短，乃谓叶笑其诗文不佳，李公衔之。他日，锦衣吕指挥贵、汤都指挥胤绩盛称叶公学问文章之美，且云："置之内阁，于先生无忝。"文达怃然曰："与中笑我，乃为入阁地耶？"及大藤峡用兵，敕韩公雍书有云："往者叶某，虚张捷报，致贼猖獗。"盖张某先入之言，至是始发也。叶公后因言官之荐，仅以右佥迁左佥而已。文达没后，始得入礼部云。

国初，诸司皂隶主驺从而已。宣德间，始有纳银免役者。闻宣庙因杨东里言京官禄薄，遂不之禁，名曰"柴薪银"。天顺以来，始以官品隆卑，定立名数，每岁银解部，以巨万计。在京诸司，皆出畿内并山东、山西、河南州县。南京诸司，则皆出南畿州县。予未第时，见京官索皂银，意颇薄之。及仕京，乃知不可无也。后官武库，尝以为有害于义，欲奏请改作折俸名色，俸多而皂隶银数不足者，乃以钞绢补数，庶几名正言顺。属草时，以此事属兵部，折俸属户部，事体窒碍，不果行。

京师人家能蓄书画及诸玩器、盆景、花木之类，辄谓之爱清。盖其治此，大率欲招致朝绅之好事者往来，壮观门户；甚至投人所好，而浸润以行其私；溺于所好者不悟也。锦衣冯镇抚瑰，中官家人也。亦颇读书，其家玩器充聚，与之交者，以"冯清士"目之。成化初，为勘理盐法,差扬州,城中旧家书画玩器,被用计括掠殆尽,浊秽甚矣。吾乡达有为刑部郎者,素与往还,亦尝被其所卖。冯死后,人始言之。凡居官者,此等事亦不可不知也。

山西石州风俗,凡男子未娶而死,其父母俟乡人有女死,必求以配之。议婚定礼纳币,率如生者。葬日,亦复宴会亲戚。女死,父母欲为赘婿,礼亦如之。

三代至春秋时,用兵率以车战。秦、汉而后,以骑兵为便。故兵车之制,车战之法,今皆不传。汉有武刚车,晋有偏箱车,然不过行载辎重,止为营卫而已。其出击仍以骑兵,故能制胜。唐房琯击安禄山,用春秋车战之法,卒以取败。盖春秋时,敌国皆车战,又皆战于平原广野,其兵将亦皆素练车战之人,故宜之。琯以车,禄山以骑,时异势殊,故用有利钝,非车之罪也。今中国行军欲用车战,此最不通时宜者。乃者都御史李公宾亦以战车为言,兵部重违其请,尝令成造试之,不欲显言其非,第云备用而已。都御史王公越时提督京营,或问战车之名。王云:是名鹧鸪车。盖谓"鹧鸪啼,行不得"也。李闻而恚之。

成化间,漕河筑堤,一石中断,中有二人作男女交媾状,长仅三寸许,手足肢体皆分明,若雕刻而成者。高邮卫某指挥得之,以献平江伯陈公锐,锐以为珍藏焉。此等事,虽善格物者,莫能究其所以。

杨文贞公在内阁时,夫人已早世,惟一婢侍巾栉而已。一日,中宫有喜庆,文武大臣、命妇皆朝贺。太后闻公无命妇,令左右召其婢至,则诸命妇已退矣。太后见其貌既不扬,衣复俭陋,命妃嫔重为梳整,易内制首饰衣服而遣之。且笑云:"此回,杨先生不能认矣。"翌旦,命所司如制封之,不为例。其眷遇之隆如此。闻此即南京太常少卿导之母也。导字叔简,能诗文,善谈论,以尚宝卿升是官。文徵明云:文贞薨世时,郭夫人犹在,且不闻有封婢之说。或他日以导推恩,容或有之。㮎按:文贞元配严夫人,继郭夫人,即此婢也。朝廷特降制封之。其制词载在文贞《续集》附录内。安得云无此说?衡山公一时偶未之考耳。

《诗》"蠨蛸在东",释者以为天地之淫气,或以为日光射雨气而成。然今人露置酒酱于庭,见虹则急掩盖之,不尔,则致消耗。相传虹能食此。尝闻广西杜监生云：其家舍旁瞀井，时时出虹，叔父颇健狠，率僮掘之，深丈余，见一肉块，大如釜，无首尾，蝡蝡而动。欲煮之，家人不可。乃举而投水中，自是此处不复出虹矣。虹、蜺、蟛蛛，字皆从虫，古人制字必有所见。又虹字，北方人读作冈，去声，今吴中名鞭挞痕，亦用此音，其即此字耶？

占卦者以钱代蓍，其来久矣。旧以无字一面为阳，有字一面为阴。至朱文公反之，以有字为面为阳，无字为背为阴。有储冰者，以为古铜器物款识皆在背，如镜是已。予按此说非也。钱之有文，为钱设也。今印信与宫卫铜牌皆然。钱背间亦有一字者，印背有铸造年月字，铜牌背有号数字。若镜之为器，主照物，不重在文，岂可以此为律邪？

初过吕梁洪沽头、闸直沽，不知洪沽字义。后考之，石阻河流为洪，方言也。又蜀人谓水口为洪，梓潼水与涪江合流如箭，故有射洪县。若沽，乃渔阳水名。今直沽虽与渔阳地相近，然注云：水出渔阳塞外，东入海，则又非矣。所谓直沽、沽头，盖水道之通名，亦方言。如漊字本雨不绝貌，今南方以为沟渠之名，北人则不解道也。

病痔者用苦蘵菜，或鲜者，或干者，煮汤以熟烂为度，和汤置器中，阁一版其上，坐以薰之。候汤可下手，撩苦蘵，频频揉洗，汤冷即止，日洗数次。予使宣府时，曾患此疾。太监弓胜授以此方，洗数日后，果见效，故记之。蘵一作苣，北方甚多，南方亦有之。

故友支禧字有祯，笃行之士。尝言星辰云物，天之章也。今衣段织云者，庶民皆服之。五糖七糖席面内有糖人，是人食人也。有贤者在位，当禁之。言虽迂，甚有理致。

卷六

　　元起朔漠，建都北平，漕渠不通江、淮。至元初，粮道自浙西涉江入淮，由黄河逆水至中滦旱站，陆运至淇门，入御河。中滦，即今开封府封丘县地。淇门，今属大名府浚县，乃淇水入御河之处，即枋头也，去中滦旱站一百八十余里。自黄河逆水至中滦，自中滦陆运至淇门，其难盖不可言。况运粟不多，不足以供京邑之用，于是遂有海运之举。然海道风涛不测，损失颇多，故又自任城开河，分汶水西北至须城之安民山，入清济，故渎通江、淮漕，经东阿，至利津河入海。由海道至直沽，接运至京。任城，今之济宁州也。须城，今之东平州也。其后海口沙壅，又自东河陆运二百余里，至临清始入御河，其难尤不可言。时有韩仲晖、边源辈，各出己见，相继建言，乃自安民山开河，直抵临清，属于御河，而江、淮之漕始通矣。然当时河道初开，不甚深阔，水亦微细，不能负重载。所以又有会通河止许一百五十料船行之禁。海运之初，岁止得米四万六千余石，其后岁或至三百余万石。会通河所运之米，每岁不过数十万石。终元之世，海运不罢。国初定鼎金陵，惟辽东边饷则用海运。其时会通河尚通，今济宁在城闸北岸，见有洪武三年晓谕往来船只不得挤塞闸口石碣在。至二十四年，河决原武，漫过安上湖，而会通河遂淤，自是江、淮舟船始不至御河矣。永乐间，肇造北京，粮道由江入淮，由淮入黄河，水运至阳武，发河南、山西二布政司丁夫，旱路般运，至卫辉上船，由御河水运至北京，亦不可谓不难矣。后得济宁州同知潘叔正建言，工部尚书宋礼等提督，始开凿会通河。潘之建言，止为济宁州往北旱站递运军需等项艰苦，欲开此河以省民力耳。初未尝言开此漕运也。河成，宋尚书建言，始从会通河漕运，而海运于是乎罢。当会通河漕运之初，又得平江伯陈瑄，于凡河道事宜，莫不整顿，所以至今京储充羡不至缺乏者，会通河之力。开凿经理以底于成者，斯又数君子之力也。此出刑部侍郎三原王公恕《漕河通志》，节其要语记之。

张巡力竭，西向再拜曰："生既无以报陛下，死当为厉鬼以杀贼。"此"厉"字与"伯有为厉"之"厉"不同。原其意，誓欲为猛厉之鬼以杀贼耳。李翰表云："臣闻强死为厉，游魂为变，有所归往则不为灾。"此正"伯有为厉"之"厉"。翰之意，盖欲乞为墓招葬巡等，故云然耳，非解厉鬼字义也。后人多误解此字，致生邪说。至有以厉即古疠字，谓巡为掌疫疠之鬼。若致道观塑，巡为青面鬼状。世之讹谬如此，正由误解此字故也。吴中羽林将军庙，讹为雨淋，而不覆以屋。三孤庙讹为三姑，而肖三女郎焉。山西有丹朱岭，盖尧子封域也，乃凿一猪形以丹涂之。世俗传讹可笑，大率类此。

《月令》言：十月雉入大水为蜃。人不知其能化蛟也。张启昭翰撰言其乡民尝逐一雉入山穴中，守之久不出，乃以土石塞之而去。每过其处，窃视之，封闭如故，人不知也。久之，见其处有水流出不已。逾时又过其处，则山已崩裂，其下成渠。问之居民，云风雨之夕，有蛟出故也。逐雉者为言其事，始知雉亦能为蛟云。

京师多尼寺，惟英国公宅东一区，乃其家退闲姬妾出家处。门禁严慎，人不敢入，余皆不然。然有忌人知者，有不忌者。不忌者，君子慎嫌疑，固不入。忌者，有奇祸，切不可入。天顺间，常熟一会试举人出游，七日不返，莫知所之。乃入一尼寺被留。每旦，尼即镭户而出，至暮，潜携酒殽归，故人无知者。一日，生自惧，乃逾垣而出，出则臞然一躯矣。又闻永乐间，有圬工修尼寺，得缠鬃帽于承尘上。帽有水晶缨珠，工取珠卖于市，主家识而执之。问其所从来，工以实对。始知此少年窃入尼室，遂死于欲，尸不可出，乃肢解之，埋墙下。法司奏抵尼极刑，而毁其寺。今宫墙东北草场，云是其废址也。

唐季黄巢之乱，兵锋所过，多被杀伤。然巢性独厚于同姓，如黄姓之家，及黄州、黄冈、黄梅等处，皆以"黄"字得免。徽州歙县地名篁墩，本以产竹得名。民以黄易之，亦得免祸。近日程克勤谕德，始征士大夫诗文表白其事，而复篁墩之名。夫大盗如黄巢，亦有此善，则信乎天理民彝之在人心，未尝一日而泯灭也。

永乐间，敕遣大臣分行各处。凡民间子弟年二十以上爽健者，皆选取以备侍卫，颇被骚扰。其军悉隶府军前卫，数至二万有余，立千户所二十五,领之。年至六十,验有老疾实状,兵部奏请疏放,仍于本州县照名选补。成化间,尚书余公议欲再为差官点选,时当选处适多饥馑,职方郎中刘大夏与予力沮之。余不能夺,其议遂寝。

今之所谓左,盖即古人之所谓右。如《易·系辞传》书其后曰"右第几章"。《说文》注"親"字云:"左从辛、从木。"志钱币者云:五铢钱右文曰货泉,左文曰五铢是矣。今人乃与相反。予求其说而不可得。窃疑古人北面视物,分左右,物在东者值吾右手,故为右。物在西者值吾左手,故为左。今人以南面视物分左右,故反是。然古人言宫室位置,则云"前朝后市,左祖右社"。军行部位,则云前朱雀,后玄武,左青龙,右白虎。则祖庙与青龙在东,太社与白虎在西。又与今人所谓左右不异,未能决然无惑也。

成化辛丑岁,西胡撒马儿罕进二狮子,至嘉峪关奏乞遣大臣迎接,沿途拨军护送。事下兵部,予谓进贡礼部事,兵部不过行文拨军护送而已。时河间陈公钺为尚书,必欲为覆奏。予草奏,大略言狮子固是奇兽,然在郊庙不可以为牺牲,在乘舆不可以备骖服,盖无用之物,不宜受。且引珍禽奇兽不育,中国不贵异物贱用物等语为律,力言当却之。如或闵其重译而来,嘉其奉藩之谨,则当听其自至,斯尽进贡之礼。若遣大臣迎接,是求之也。古者,天王求车、求金于诸侯,春秋讥之。况以中国万乘之尊,而求异物于外夷,宁不诒笑于天下后世!陈公览之,恐拂上意,乃咨礼部。时则四川周公为尚书,亦言不当遣官迎接,事遂寝。而遣中官迎至,其状只如黄狗,但头大尾长,头尾各有髯耳。初无大异,《辍耕录》所言皆妄也。每一狮日食活羊一羫,醋蜜酪各一瓶,养狮子人俱授以官,光禄日给酒饭,所费无算。在廷无一人悟狮子在山薮时,何人调蜜醋酪以饲之。盖胡人故为此,以愚弄中国耳。

《庄子》言"即且甘带",即且、蜈蚣,带、蛇也。初不知甘之之义。后闻昆山士子读书景德寺中,尝见一蛇出游,忽有蜈蚣跃至蛇尾,循脊而前,至其首,蛇遂伸直不动。蜈蚣以左右须入蛇两鼻孔,久之而出。蜈蚣既去,蛇已死矣。始知所谓甘者,甘其脑也。闻蜈蚣遇蜗篆,即不能行。盖物各有所制,如海东青,鸷禽也,而独畏燕。象,猛兽也,而独畏鼠。其理亦然。

"读书万卷不读律,致君尧舜终无术。"此虽讥切时事之言,然律令一代典法,学者知此,未能律人,亦可律己,不可不读也。《书》言"议事以制",而必曰"典常作师",其不可偏废明矣。尝见文人中有等迂腐及浮薄者,往往指斥持法勤事之士,以为俗流,而于时制漫不之省。及其临事,误犯吏议,则无可释而溺于亲爱者,顾以法司为刻,良可笑也。

本朝子为母服斩衰三年,嫂叔之服小功,皆所谓缘人情而为之者也。然韩退之幼育于嫂,尝为制服。而程子于嫂叔无服。亦尝言后圣有作,虽制服可也。母服斩衰,则以儒臣群议不合。高皇断自宸衷,曰:"礼乐自天子出,此礼当自我始。"

北方老妪八九十岁以上,齿落更生者,能于暮夜出外食人婴儿,名"秋姑"。予自幼闻之,不信。同寮邹继芳郎中云:历城民油张家一妪尝如此,其家锁闭室中。邹非妄诞人也。秋,北人读如"笤酒"之"笤"。

"一弯西子臂,七窍比干心",咏藕诗也。相传卫文节公作,未知是否。"一庭生意留青草,万里归心放白鹇",恕斋诗也。程少詹克勤云:"尝见作此题者,多涉头巾气。惟此联出色。"又闻邵复初郎中云:乡人取龙湫祈雨后,送水还湫。有作文者,集古句一联云:"雨三日不止,求之与,与之与? 水一勺之多,出乎尔,返乎尔。"亦佳。

永乐三年,命翰林学士解缙等选新进士才质英敏者,就文渊阁读书。时与选者,修撰曾棨、编修周述、周孟简,庶吉士杨相、刘子钦、彭汝器、王英、王直、余鼎、章敞、王训、柴广敬、王道、熊直、陈敬宗、沈昇、洪顺、章朴、余学夔、罗汝敬、卢翰、汤流、李时勉、段民、倪维哲、袁添祥、吾绅、杨勉二十八人。时周忱自陈年少愿进学,文皇喜曰"有志之士",命增为二十九人,名庶吉士。闻洪武壬子岁,尝选会试士十八人,授编修等职,读书文华堂。后又选进士为庶吉士,分置近侍诸署,若解缙为中书庶吉士是也。而专置之翰林,则始于此。

天顺间,文臣阁老李文达公贤,武臣锦衣卫指挥门达,最得君,而达尤声势隆赫,倾动中外。尝忌李出己上,欲乘隙间之。有军匠杨暄者,以工彩漆著名于时。一日,疏达不法事以闻,达因诉于上,云:"此李贤嗾之也。"知上必亲鞫,密召暄嘱之。暄惧死,阳承顺惟谨。上果鞫于内苑山子下,暄以实对。云:"事非由贤,门达嘱臣诬贤。臣与贤素不识,不敢枉也。"达由是宠衰而祸作矣。古人谓"无好人"三字,非有德者之言,观此可知。

今人有丧,剪帛以授吊客,谓之"发孝"。大抵京师人家发孝,主于勾引祭赙之赀。江南人家发孝,主于勾引人光贲送丧。士大夫家亦有为之者,此非礼之礼也。杨文贞公遗戒子孙不用此,最是。

朱文公先生本号晦庵,今人称考亭者,亭本前代一御史,筑于其考墓旁,故名。岁久亭废,韦斋爱其山水,尝欲即其废址作书院而不果。文公后作考亭书院,以成先志,非别号也。

行人司行人,初置三百六十员,今存三十六员。盖国初诸司官不差出,凡有事,率差行人。永乐中,减革行人员数,诸司公务差本衙门官出办。行人非册封亲王,使外国,赍捧诏书之类,不差。然当时进士除行人者,九年才得升六品官,人多不乐。今九年得升各部员外郎,三年得选任御史,行人顿为增重于前。旧尝为之语云:非进士不除,非王命不差,非馈赆不去。其滥可知。今朝廷重之,人各自重,无此风矣。

秋官屠郎中之妻无子而妒,惧其夫置妾,常为赝娠以沮之。一年果娠,弥月而产,则一胞,为鸟卵者四十七。破之,中有血水而已。项尚书之女,无夫而娠,家人恐其彰丑,饮以冷药,败其胎,竟不效。及期而产,一胞数蛇,遂惊死。皆不知其何所感也。

孙状元贤赴会试途中,投宿一民家,主人敬礼甚隆,饮食一呼而具。贤疑其家有他,会问之,主人云:"昨夜梦状元至,故治具以俟。今日公至,应此梦无疑矣。"贤窃自喜,至期,下第而归。后一科果状元及第。雍御史泰未第时,尝自金陵还陕西,道经凤阳,投宿一老妪家。问知是举子,喜云:"昨夜梦有御史过吾家,子其人耶?"雍后以进士令吴,被召为御史。陆参政孟昭未第时,夫人梦得官参政,后果不爽。观此,则人之出处,信有前定,非偶然也。

钱原溥学士回自谪所道江西,布政使翁公世资作诗送之。序云:

天顺间，先生尝谓兵部尚书陈汝言曰："方今论功行赏，殆无虚日。而母后徽号未加，得非阙典与？"汝言即以先生之言入奏。英宗大加称赏，随付史氏以行。岁甲申，英庙上宾，先生遂为权贵所挤，而有顺德之行。皇上一日御经筵，阅讲臣独以先生不在为问。遂下吏部召还，复旧官。予尝以是质之内阁供奉谢伯宽，云：岁甲申以下一段失实。盖原溥尝在内书堂教书，今之近侍若怀恩辈，皆多出其讲下。其出以附王伦，其入以怀公之力也。

本朝文臣封伯爵者，洪武中，中书左丞相汪广洋封忠勤伯，弘文馆学士刘基封诚意伯。正统中，兵部尚书王骥封靖远伯。天顺中，都察院副都御史徐有贞封武功伯，鸿胪寺卿杨善封兴济伯。成化间，兵部尚书兼都察院左都御史王越封威宁伯。广洋后坐累；有贞、越不久革爵，谪远地；基、善革于身后；子孙世禄，骥一人而已。

本朝军卫旧无学，今天下卫所，凡与府州县同治一城者，官军子弟皆附其学。食廪岁贡，与民生同。军卫独治一城，无学可附者，皆立卫学。宣德十年，从兵部尚书徐琦之请也。其制学官教授一员，训导二员，武官子弟曰武生，军中俊秀曰军生。卫学之有岁贡，始于成化二年五月，从少保李公贤之请也。其制，每二岁贡一人，平时不给廪食。至期，以先入学者，从提学御史试而充之。

为人上者言动不可不谨，否则下人承讹踵误，不胜其弊矣。丁酉岁，予有考牧之役，至迁安，适同年刘御史廷珪按其地，遣人招饮。予戏语云："馔有驴板肠，即赴。"盖京师朋辈相戏，各有指斥风土所讳，以为诟者。如苏、浙云盐豆，江西云腊鸡，湖、广云干鱼之类是已。河南人讳偷驴。廷珪，河南卫辉人，而旧传有"西风一阵板肠香"之句，故以戏之。日暮归，县官率吏人捧熟馔以进。问之，云："闻公嗜驴板肠，故以奉也。"予以实告而遣之，既而自悔，自是不敢戏言。

尝登岬山，山僧作水饭为供。食一蔬，味佳。问之，云："张留儿菜。"令采观之，乃商陆也。余姚人每言其乡水族有弹涂，味甚美。详问其状，乃吾乡所谓"望潮郎"耳。此物吾乡极贫者亦不食，彼以为珍味。商陆在吾乡牛羊亦不食，彼以为旨蓄，正犹河豚在吴中为珍异，直沽渔人剖其肝而弃之。鲥鱼尤吴人所珍，而江西人以为瘟鱼，不

食。世之遇不遇，岂惟人为然，夫物则亦有然者矣。<small>仲衮闻张留乃樟柳也。</small>

兵部侍郎王伟先任职方郎中，用少保于公荐升是职。未几，伺于公过误，密奏之。景皇帝信任于公方专，召入，以伟奏授之。公叩头谢罪。上曰："吾自知卿，卿勿憾也。"公既出，伟下堂迎问，曰："今日圣谕为何？"公曰："姑入语之。"既入，复请。乃笑曰："老夫有不是处，贤弟当面言之，未敢不从也。何忍至此！"乃出奏示之，伟踧踖无地。君臣相与如此，谁得而间之。此于公所以得成安社稷之功也。

常朝，诸司奏事御前，事当准行者，上以"是"字答之。成化十六七年间，上病舌涩，每答"是"字，苦之。鸿胪卿施纯彦厚揣知之，阴献计于近侍云："是字不便，请以照例字易之。"上得此，甚喜。问计所出，近侍以纯对。由是得拜礼部侍郎，掌寺事，寻升尚书，加太子少保。纯，京师人，成化丙戌进士，长躯伟干，音吐洪亮。初任户科给事中，迁鸿胪少卿。未二十年，骤升至此，可谓际遇之隆矣。人有为之语云："两字得尚书，何用万言书！"

天顺间，乡人陈锜鼎夫为职方郎中，尝谈及时事，云近得叶与中奏保巡按广西御史吴祯巡抚其地，时叶公总督广东西军务，举祯，欲分任其责也。因问祯之为人，鼎夫云："一利口耳。与中以诚待物，宜有此举。异日，必为此人累也。"予窃记之。后祯得位，结构广人，百计谤叶。李阁老惑之。时因言官尝荐叶入朝，仅移节宣府，而祯不久亦败矣。予于是服鼎夫之先见云。近闻于少保荐王伟为侍郎，时商状元尝密言其非所宜荐，然疏已入矣。既而于公有不惬意时，每自叹云："先见不如商大朴。"大朴，商公旧字也。

夷人党护族类，固其习性同然，而回回尤甚。尝闻景泰间，京师隆福寺落成，纵民入观。寺僧方集殿上，一回回忽持斧上殿，杀僧二人，伤者二三人。即时执送法司鞫问，云见寺中新作轮藏，其下推转者，皆刻我教门人像。悯其经年推运辛苦，是以仇而杀之，无别故也。奏上，命斩于市。予谓斯人之冒犯刑辟，固出至愚，然其义气所发，虽死不顾。中国之人，一遇利害，至有挤其同类以自全者，较之斯人之激于义而蔽于愚，其可哀怜也哉。

浯溪、峿台、庤亭，皆在今永州祁阳县治南五里。唐元结次山爱其胜异，遂家其处，命名制字，皆始于结字，从水、从山、从庿，皆曰吾者，旌吾独有也。今按嵅、庿字，韵书无之，盖制自次山。浯本琅琊水名，古有此字。湘江之溪，命名曰浯，则自次山耳。

陈祭酒询，字汝同，松江人。善饮酒，酒酣耳热，胸中有不平事，每对客发之。人有过，面语之，不少贷也。在翰林时，尝忤权贵，出为安陆知州，同寮饯之。或倡为酒令，各用二字分合，以韵相协，以诗书一句终之。陈学士循云："轟字三个车，余斗字成斜。车车车，远上寒山石径斜。"高学士穀云："品字三个口，水酉字成酒，口口口，劝君更尽一杯酒。"陈云："矗字三个直，黑出字成黜，直直直，焉往而不三黜！"

尝闻河内县丞韩肇云："一人病耳痒，命镊工爬剔之，耳中出彩帛碎屑，终亦无恙。"予不之信也。近尚书涞水张公患疮，在告，予往问候。云："一日闲坐，忽臀肉作痒，搔之，觉有物在指下，摘之，抽出肉红一线五六寸。初疑是筋，详视之，实线也。方怪之，俄而觉痛，疮遂作矣。即此推之，则耳中碎帛亦或不诬。此皆理之不可晓者。

永乐五年，会议北京合用粮饷。虽本处岁有征税及屯田子粒，并黄河一路漕运，然未能周急，必藉海运然后足用。见在海船数少，每岁装运，不过五六十万石。且未设衙门专领，事不归一，莫若于苏州之太仓，专设海道都漕运使司，设左右运使各一员，从二品，同知二员，从三品，副使四员，从四品，经历司照磨所品级官吏，俱照布政司例。本司堂上官，于文武中择公勤廉干者以充其职，行移与布政司同。各处卫所，见有海船并出海官军，俱属提调，以时点检，如法整治。奏上，太宗有再议之旨，遂不行。

菘菜，北方种之。初年半为芜菁，二年菘种都绝。芜菁，南方种之亦然。盖菘之不生北土，犹橘之变于淮北也。此说见《苏州志》。按菘菜即白菜，今京师每秋末，比屋腌藏以御冬，其名箭干者，不亚苏州所产。闻之老者云：永乐间，南方花木蔬菜，种之皆不发生。发生者，亦不盛。近来南方蔬菜，无一不有，非复昔时矣。橘不逾淮，貉不逾汶，雊鹆不逾济，此成说也。今吴菘之盛生于燕，不复变而为芜菁，岂在昔未得种艺之法，而今得之邪？抑亦气运之变，物类随之而美邪？将非橘柚之可比邪？

东里杨先生尝见昆山屈昉送行诗有佳句，默识其名。一日，知昆山县罗永年以事上京投谒，东里问："昆山有屈昉，何如人？"永年茫然无以对。东里云："士人尚不知邪？"永年惭赧而退。及还任，乃求昉，识之。未几，有诏举经明行修之士，永年乃以昉应诏，除南海县丞，卒官。前辈留心人物如此。

开元钱文，或读作"开通元宝"，或作"开元通宝"。本唐高祖武德四年所铸，非明皇开元间铸也。今钱背间有新月痕，人遂以为始铸钱时，工人呈蜡样，杨贵妃玩视之，因有指甲痕。此盖不知典故者，因明皇年号与钱文偶同，而附会其说耳。伸按：《钱志》谓为文德皇后掐痕。

童庶子缘，京师人，善谑谈。尝撰一事云：元世祖既主中华，人皆辫发、缊髻、胡服。尝视太学，见塑先师孔子及四配十哲像，皆冠冕章服，命有司作缊髻胡服以易之。子路不平，诉于上帝。帝曰："汝何不识时势？自盘古以来，历代帝王，下至庶人，皆称我曰天。今名我曰腾吉理，只得应他。盖今日是他时势，须耐心守待，必有一日复旧也。"此即天定亦能胜人之意，可谓善谑者矣。

卷七

予为庠生时，尝以家难赴诉前巡抚崔庄敏公。公以"瞽叟杀人，舜窃负而逃，遵海滨而处。当是时也，爱亲之心胜，其于直不直，何暇计哉"一节为题，命作讲义。公初读破题喜，及读至结尾，有云："使叶公而知此，其肯以证父攘羊之为直；使汉高而知此，其肯贪天下而分羹于敌国哉！"乃益喜，称赏之。予时亦以为偶有新得也。近得杨廉夫乐府有《杯羹词》，郑子美文集有《索羹论》，乃知此义古人先得之矣。郑《论》云："项羽置太公于俎上，告高祖而杀之。高祖于此所宜卑辞请降，迎归其父。然后以项羽既弑其君，又欲杀人之父以挟其子，兴师问罪，与之决胜负于一战，定成败于万全，未晚也。岂可大言无当，索父之羹，以吾亲之重，为天下之一掷哉！向非项羽有妇人之仁，高祖有项伯之援，则太公烹于俎上矣。项羽既杀太公，分羹高祖，然后布告天下，谓高祖不顾其父，挟人杀之而食其羹，兴师问罪，则高祖负杀父之名，此身且将无所容于天地之间，又安能与之争天下哉！项羽既不知出此，反惑于为天下者，不顾其家之言，使太公幸而获免，高祖因之成事，天下遂以高祖为得计，索羹为名言，紊纲常之义，失轻重之权矣。"末乃引孟子答桃应之问结之，此前人所未道也。

本朝中官，自正统以来，专权擅政者，固尝有之。而伤害忠良，势倾中外，莫如太监王振。然宣德年间，朝廷遣取花木鸟兽及诸珍异之好，内官接迹道路，骚扰甚矣。自振秉内政，未尝轻差一人出外，十四年间，军民得以休息。是虽圣君贤相治效所在，而内官之权，振实揽之，不使泛滥四及，天下阴受其惠多矣。此亦不可掩也。

杨文定公溥在内阁时，其子来自石首，备言所过州县官迎送馈遗之勤。南京吏部侍郎范公理时知江陵县，颇不为礼，公闻而异之。后廉知其贤，即荐知德安府，其为县才八月而已。商文毅公辂自内阁罢官归，工部侍郎杜公谦时为主事，治水吕梁，遇之独厚。商后被召复职，每汲引之。白恭敏公圭任浙江布政使，过徐州洪，家人与水手相殴。主事袁规收其仪仗,恳请而解。未几,召为工部侍郎,袁不自安,而公未尝形于辞色。少保于公谦为兵部尚书时,叶文庄公在兵科,屡劾之。后丧偶,请于为墓志,慨然成之。李文达公之于文庄,闻人潜其议己,则深衔之,且抑之。至其没,文庄始得入为礼部。其不同如此。

江南巡抚大臣,惟周文襄公忱最有名。盖公才识固优于人,其留心公事亦非人所能及。闻公有一册历,自记日行事,纤悉不遗。每日阴晴风雨,亦必详记。如云某日午前晴,午后阴。某日东风,某日西风。某日昼夜雨。人初不知其故,一日民有告粮船失风者,公诘其失船为何日?午前午后,东风西风?其人不能知而妄对,公一一语其实,其人惊服,诈遂不得行。于是知公之风雨必记,盖亦公事,非漫书也。

还元水者,腊月以空瓶不拘大小,细布缄其口,引之以索,浸粪厕中。日久,粪汁渗入,瓶满自沉,取埋土中。二三年,化为清水,略无臭气。凡毒疮初发时,取一碗饮之,其毒自散。此法闻之沈通理先生,尝试之有效。

凡咽喉初觉壅塞,一时无药,以纸绞探鼻中,或嗅皂角末,喷嚏数次,可散热毒,仍以李树近根皮,磨水涂喉外,良愈。

《辍耕录》言“姆、妗字非古吴音,世母合而为姆,舅母合而为妗耳”,此说良是。今吴中乡妇呼阿母,声急则合而为黯;轻躁之子呼先生二字,合而为襄,但未有此字耳。又如前人谓语助尔,即而已字反切。《楚辞》些即娑诃字反切。今以类推之,蜀人以笔为不律,吴人以孔为窟笼。又如古人以瓠为壶,《诗》“八月断壶”是已。今人以为葫芦,疑亦诸字之反切耳。

世俗相传,以三月二十八日为东岳生日,然不见于记载。许文阙公彬重修《蒿里祠记》,云:“每年三月二十八日,属东岳帝君诞辰。天下之人不远千数百里,各有香帛牲牢来献。”夫二仪既分,五岳以峙,非今日生一山,明日生一山,有日月次第可记而谓之生日也。其妄诞不辩而明矣。不知许公何所据而书之石乎!然其文集中无此篇,殆他人依托者。

　　韵书云："楚庄王灭陈为县，县之名自此始。"此说非也。《周礼·小司徒》有云："九夫为井，四井为邑，四邑为丘，四丘为甸，四甸为县。"又《遂人》云："五家为邻，五邻为里，四里为酂，五酂为鄙，五鄙为县。"则县之名先已有之，但与今县制不同耳。或谓郡县自秦、汉始，亦非也。周制，地方千里，分为百县，县有四郡。上大夫受县，下大夫受郡。秦废封建之制，置三十六郡，以监天下之县。汉因而增置郡国六十七。郡之名亦先有之，特古今制度不同，大小复异耳。

　　前代史，凡事更时未久，曰亡何，曰居亡何，曰居亡几何，曰未几。其最近者曰顷之，曰少选，曰为间，曰已而，曰既而。至宋人作《唐书》，事或逾年，或数月，或数日，率用"俄而"字。后人效之，如叙宋太祖、太宗授受之际，一则曰"俄而殂"，一则曰"俄而帝崩"，以致烛影斧声之疑，纷纷异说。尝考之开宝九年冬十月壬子，帝以后事属晋王。癸丑夕崩于万岁殿，太祖夜召晋王，时夜已四鼓。盖前后二夕而曰"俄而"，一字不当，害事如此。叙事之文，可不慎欤！

　　俞贞木字有立，钱芹字继忠，皆苏人。革除年间，苏守姚善好礼贤士，有立以明经见重于守，月朔望必延至讲书府学。尝令吏馈米于有立，误送继忠。吏惶恐白守，将取还。有立云："钱先生与人不苟合，尤不苟取与。今受米不辞，必知公之贤耳。"守惊异，即令人请见。继忠对使者云："吾为郡民，有召，敢不赴？但吾心未宿戒，不可轻往，他日可也。"他日，浣濯衣冠，斋沐而往。守甚喜，延之别室，请问经义。继忠云："此士子之务耳。公为政，何不谈时务而及此邪？"守益起敬，遂问今日何者为急务？继忠令屏左右，云："今日之务，勤王为急。"守跃然而悟，于是密结镇、常、嘉、松四郡守，训练其民，率先赴行，竟死其事。

　　户部尚书夏忠靖公原吉，长沙人。德量宽厚，喜怒不形。永乐间，尝以治水至昆山，寓千墩禅寺。所居不设仪从，乡民数人入寺游观，公方坐室中观书。不意其为夏公也，杂坐其旁。既而它之，问僧云："尚书何在？"僧云："室中观书者是也。"民惧，乃奔去。公好食炒猪肝，一日，膳夫供具，公饭尽而肝如故，怪之。已而分食，乃知入盐过多，咸不可食也。人服其量。杨东里作公神道碑，记隶污织金赐衣,吏碎所爱砚,皆无怒意。谓其有王子明、韩稚圭之度,非过称也。

丈量田地,最是善政。若委托得人,奉公丈量,见顷亩实数,使多余亏欠,各得明白,则余者不至暗损贫寒,欠者不至虚赔粮税,弊除而利兴矣。周文襄巡抚时,尝有此举,以属户部主事何寅。寅日惟耽酒,未尝遍历田野,亲视丈量,只凭里胥辈开报,辄与准理。丈量稍多分毫者,必谓之积出,比原数亏欠者,皆谓之量同,更不开亏欠一项。如太仓城中军民居址,街衢河道俱作纳粮田地。量至北郊二十七保,多出田亩若干,将内二顷九十三亩有奇,拨与太仓学收租。盖缩于城市,而伸于郊墟,故有此积出。非原额之外田也。别处量出多余者,则以送京官之家。自正统初至今,量同者纳无地之粮,京官家享无税之利。是虽何寅贻患于民,而文襄安于成案,不察其弊,盖亦不能无责也。寅,广东南海人,尝问其家世,已荡然矣。或者为官不忠所事之报耶?

府官之制,始于秦立郡守、郡尉、郡丞、郡监之官。汉因秦制,罢郡监,以丞相史分刺属郡,谓之刺史。景帝改郡守称太守,郡属有司马之官。后汉有郡主簿、五官掾。五官掾者,兼置功曹、户曹、决曹、贼曹、仓曹是也。晋、齐、梁、陈并因之。隋改刺史为总管,以长史、司马、录事、参军、东西曹掾、司功、司兵、司仓、司士、司马、司法、司户诸参军为参佐,而省治中别驾。炀帝改总管为太守,改长史司马为通守、赞治,寻改赞治为郡丞。唐改太守为总管,又改总管为都督,省郡丞置别驾、长史,余悉因隋制。景云初,罢州都督为刺史。天宝元年,改刺史为守。乾元元年,升州刺史为节度使。大历五年,改节度使为观察使。宋以知州大都督之衔,其官属有通判、长史、司马、签判、判官、掌书记、推官、支使、录事、司户、司法、司士、司理、参军。政和间,置司仪、司兵、司功与司录、司户、司士、司刑为州七曹。宣和间,改州为路,设安抚使都总管,兼本路钤辖。绍兴初,改州为府,以知州为知府,设通判三员,罢司仪、司兵、司功诸曹官。元改府为路,设达鲁花赤、总管、同知、治中、判官、推官、经历、知事、照磨、提控、案牍、译史,及录事司达鲁花赤、录事判官各一员。本朝改路为府,革达鲁花赤、治中、提控、案牍、译史、录事,改总管为知府,判官为通判,而同知、推官、经历、知事、照磨,皆仍其旧,检校则建置云。

今世富家有起自微贱者,往往依附名族,诬人以及其子孙,而不知逆理忘亲,其犯不韪甚矣。吴中此风尤甚。如太仓有孔渊字世升者,孔子五十三世孙。其六世祖端越仕宋,南渡。至其父之敬,任元通州监税,徙家昆山。元祐初,州治迁太仓,新作学宫,世升多所经画,遂摄学事,号莘野老人。子克让,孙士学,皆能世其业。士学家甚贫,常州某县一富家欲求通谱,士学力拒之。殁后无子,家人不能自存,富家乃以米一船易谱去。以此观之,则圣贤之后,为小人妄冒以欺世者多矣。

周瑛良石知广德州时,作《祠山杂辩》。其辩埋藏一事云:按埋本作貍,《周礼》以"貍沈祭山川",注云:"祭山林则貍之,祭川泽则沈之。"是埋藏者,本山泽之祭也。其曰今夜埋藏,及旦皆无有,过言耳。考诸本集志埋藏事,谓坎地深广各五尺,凡祭物皆三百六十,异置坎中,蒙以太牢之皮,反土而平治之,土不见赢余,或加缩于初。及久后埋藏,或值其故穴,皆不见其中所有。此说未为无理,盖土不见赢余者,平治之也。或加缩于初者,物腐而土陷也。久后埋藏不见中所有者,物化也。今盗发古冢,皆不见其中所有者,亦化也。人言地热则速化,埋藏易化,地热故也。道流欲神异之,故为过言以骇愚俗耳。所云本集,盖祠山旧有《指掌集》,良石按而辩之。

布衣沈鉴文昭记览博洽,而放言自废,时目为"沈落魄"。或问云:"今之居大位享大福者,未必有学问。有学问者多是贫贱无福,何也?"文昭云:"有学问便是福,何须富贵?"老僧惟寅尝云:"读书要有福,无福者读书不成。如人家子弟,有志读书,若无衣食之忧,户役之扰,疾病之累以夺其心,便是有福。纵使无忧于衣食,无扰于户役,若身常有疾,则不能遂志,即是无福。"此等议论皆有理。

前代赐诸侯有汤沐邑,赐公主有脂粉田,而皇庄则未闻也。今所谓皇庄者,大率皆国初牧地及民田耳。岁计之入,有内官掌之,以为乘舆供奉。然国家富有天下,尺地莫非其有,仓廪府库,莫非其财。而又有皇庄以为己有,此固众人所不识也。闻大臣中惟彭文宪尝言之,其疏留中不出。而言官不闻有议乞革罢者,何邪?或云正统、天顺间尚无之。

瞿世用御史巡按广东时，尝寝疾，卧内有垩壁一堵。一夕幻出山水图。世用心怪之，然犹疑病中眼花，妄有所见，召县官入视，皆以为画也。乃命以墨涂之，隐隐犹见笔迹，后数日才灭。世用病寻愈，亦无他。

京师闾阎，多信女巫。有武人陈五者，厌其家崇信之笃，莫能制。一日含青李于腮，绐家人疮瘇痛甚，不食而卧者竟日。其妻忧甚，召女巫治之。巫降神，谓五所患，是名丁疮，以其素不敬神，神不与救。家人罗拜恳祈，然后许之。五佯作呻唤甚急，语家人云："必得神师入视救我，可也。"巫入按视，五乃从容吐青李示之。摔巫，批其颊而出之门外，自此家人无崇信者。

"布衣李靖，不揆狂简，献书西岳大王阁下。靖闻上清下浊，爰分天地之仪；昼明夜昏，乃著人神之道。又闻聪明正直，依人而行，至诚感神，信不虚矣。伏惟大王嵯峨擅德，肃爽凝威，为灵术制，百神配位，名雄四岳。是以历像清庙，作镇金方。遐规历代哲王，莫不顺时禋祀，兴云致雨，天实肯从，转孽为祥，何有不赖。呜呼。靖者，一丈夫尔，何得进不偶用，退不获安！呼吸若穷池之鱼，进退似失林之鸟，忧伤之心，不能已已。社稷凌迟，宇宙倾覆，奸雄竞逐，郡县大崩，遂欲建义横行，云飞电扫，斩鲸鲵而清海岳，卷氛祲以辟山河。使万姓昭苏，庶物昌运，即应天顺人之作也。又大宝不可以妄据，欲杖剑竭节，未有飞龙在天，捧忠义之心，身倾济世，志吐肝胆于阶下。惟神鉴之，愿告进退之机，得遂平生之志，有赛德之时，终陈击鼓。若三问不对，亦何神之有灵？然后即靖斩大王头，焚其庙，建纵横之略，亦未晚也。惟神裁之"。右李卫公《上西岳书》，不见记载，喜其奇而录之。闻高皇将起义，阴卜于山寺伽蓝神。三投珓，皆不许，遂击破神像而去。十数年间，致成大业。盖古之英雄豪杰，欲建功业，若卫公者，必其先有定志，而假鬼神以决之，所谓质诸鬼神而无疑者也。况帝王之兴，自有天命，虽鬼神之灵，亦莫能测其机兆，则夫丛祠土偶，岂能决哉！

天顺间，太监曹吉祥、忠国公石亨用事，势焰炙手可热。文人武士,出入其门以盗有名器者,不可胜数。京师有贺三老者,吉祥从子都督钦之妻父也。见钦声势日盛,独不踵其门。钦尝欲为求一官,力辞不可。干面胡同口一卖饼小家,生女美而艳,都督石彪欲取为妾,父母乐从之,女独不肯,乃已。未几,石氏败,彪弃市曹,钦谋反。凡连姻及所亲者,诛窜殆尽,三老独免。

京师有妇女嫁外京人为妻妾者,初看时,以美者出拜,及临娶,以丑者换之,名曰“戳包儿”。有过门信宿,盗其所有逃去者,名曰“拿殃儿”。此特里闬奸邪耳。又有幼男诈为女子,傅粉缠足,其态逼真。过门时,乘其不意,即逸去。成化间,尝有嫁一监生者,适无衅可逸。及暮,近之,乃男子也。执于官,并其媒罪之。有男诈为女师者,京城内外人家,留教针指。后至真定一生家,生往狎之,力辞不许。生强之,乃男子。遂系之于官,械送京师法司,奏置极刑。此皆所谓人妖也。

鲐鱼字一作鲖,味美而子有毒,不减河鲀子。食之,能杀人。闻蛇亦能化鳖。凡鳖在旱地得者不宜食,下水则无毒矣。

驸马都尉本秦、汉官。汉有奉车都尉主车舆,驸马都尉主驸马,骑都尉主羽林骑,是谓“三都尉”。今止称驸马,省文耳。然唐人云“戚里旧知何驸马”,今人数列侯云“公侯驸马伯”,盖诗词文移,取便无妨。若君前奏对,自当称驸马都尉。今谒陵、陛辞、复命,皆云“驸马臣某”。盖承袭谬误,莫之正耳。

成化庚子,山西石州民家生一猪,二头二尾八足,共一脊,生即死。王主事禄公差至其地,尝闻之知州云。

尝与郑介庵会饮。介庵问:“鱼馁肉败,不直曰鱼烂肉腐,而云然,何如?”予不能对,因请教。曰:“鱼之烂自内始,如腹之馁;肉之腐自外入,如军之败。”请问何出。云:“不知所出,尝闻之先辈张伯绪如此。”后读程沙随《思问录》中具此说,始知出于程。尝见晦庵先生称沙随为程丈,盖前辈也。《思问录》于《论》、《孟》多所发明。

同寮刘时雍言其乡一女染奇病,每中夜,有物来与交,日渐羸惫,医莫能治。闻一道士能祛邪,请治之。道士求二童男,沐浴更衣,各授以剑,作咒语,噀水使舞。舞将终,叱之去。二童趋出,投水中,久之不起，众危之。逾半日，水忽涌起，二童共持一大蛇头出，头微有角，盖蛟类也。二童仆地，久而始苏，女是夜始安寝，病不复作矣。道士由是名誉大振。后有人召之，竟不验。或疑其犯淫污自坏也。夫蛟，恶物也。昔周子隐、许旌阳皆尝斩蛟。疑天地间自有此等神术，人能至诚感神，则神物为之呵护，而其术以行。不然，则深渊之底，蛟龙之所蟠据，人虽气正而才武，非其素履熟由之地。而亡生以徇之，鲜有不堕其牙颊者矣，安望其能提髑髅而出哉！

翰林编修张元祯尝建言，选六科给事中不必拘体貌长大，惟当以器识远大、学问该博、文章优赡者充之。其言最当。徒以不拘体貌一言有碍，竟托之空言而已。盖六科系近侍官，兼主奏对。必选体貌端厚，语言的确者，以壮观班行，表仪朝宁。但在前居此地者，体貌非不端厚，而其器识学问文章，往往过人。盖出自精选，号为得人，如姚夔、叶盛、林聪、尹旻、张宁辈是已。以后则专以体貌为主，而其所重者，反不之计。所谓出题考选，亦不过虚应故事耳。揆其所以，其时典选者相继多北人，大率专主体貌，则其类得以并进。况学识兼备者，必思举其职，而屡有纠弹，不若安静简默者之易制也。盐山王忠肃公素有重望，亦进一二乡里之劣者，则其余不足责矣。使为吏部者，以公天下为心，不阴厚乡里。遇缺选，其体貌丰伟，音吐正当者，五倍其数，试其奏议弹文数篇，若场屋时文，则不以试。每五六人中，择其优者一人奏上。如此而不得人，吾未之信也。

同寮吴味道处之，遂昌人。尝言其家人看稻庄所，夜吹笛以自娱，忽有大面矬人倚石而听之。次夜亦然。家人知其为鬼物，然未敢发也。至三夜，乃然炭坐处，置铁箸炭中，取笛吹之。其物复来，乃出其不意，取箸刺之。急趋水旁去。诘旦，踪迹之，见一大虾蟆死水旁，刺痕在其额下。

近时言官言宫闱事，尝受挫辱。自是事无大小，嗫不敢言。有孙御医者，素善谑。人问生疥何以愈之？曰：“请六科给事中咶之。”问故，曰：“不语唾可治疥也。”昆山有徐生善写竹，尝游京师，吏科有知者，请写竹于壁。写毕，欲题其上云“朝阳鸣凤”，或云：“恐致人口语，不若易以舞凤。”或又以为不可，乃以彩凤易之。有从旁语云：“鸣也鸣不成，舞也舞不成。不如好衣服摇摆过日可也。"众哄堂一笑而散。闻此等嘲谑，固言路之不幸，亦非国家之幸也。

　　土兵之名，在宋尝有之，本朝未有也。成化二年，延绥守臣言营堡兵少，而延安、庆阳府州县边民多骁勇耐寒，习见胡骑，敢于战斗。若选作土兵，练习调用，必能奋力，各护其家，有不待驱使者。兵部奏请敕御史往，会官点选，如延安之绥德州、葭州、府谷、神木、米脂、吴堡、清涧、安定、安塞、保安、庆阳之宁州、环县，选其民丁之壮者，编成什伍，号为土兵。原点民壮，亦改此名。其优恤之法，每名量免户租六石，常存二丁，贴其力役。五石以下者，存三丁。三石以下者，存四丁。于时得壮丁五千余名，委官训练听调。此陕西土兵之所由始也。

　　成化十六年四月初二日，云南丽江军民府巨津州雪山移动。十七年六月十九日戌时，大理府地震有声，民屋摇动，二次而止。鹤庆军民府本日亥时，满川地震，至天明，约有一百余次，次日午时止。廨舍墙垣俱倒，压死军民囚犯皂隶二十余人，伤者数多，乡村民屋倒塌一半，压死男妇不知其数。丽江军民府通安州，本日戌时地震，人皆偃仆，墙垣多倾。以后昼夜徐动，约有八九十次，至二十四日卯时方止。各处奏报地震，无岁无之，而云南之山移地震，盖所罕闻者，故记之。

卷八

袭封衍圣公每岁赴京朝贺,沿途水陆驿传,起中马站船廪给。回日,无马快船装送。而张真人往回水陆,起上马站船廪给,且有马快船之从。盖其时方崇道教,而内官梁芳、左道李孜省辈方用事,故致隆于其所尊如此。予闻之,颇不平,言于尚书余公,欲优厚之。公慨然曰:"是义举也。"即日奏允。自是衍圣公往回陆路,得起上等马,回日,应付马快船装送。于吾道实有光云。时成化十六年三月初五日也。

近有中官怙宠市恩,以结人心。腾骧左右等四卫勇士小厮及养马军,奏乞悉给以胖袄裤鞋,事不下议部,即可之。时固安王公复为工部尚书,余肃敏问之曰:"府库衣裤之富如此,先生何议不及此,使恩出斯人乎?"王公曰:"祖宗之制,边方有警,应调京军出征,则以此给之。使其不劳缝制,得以克日起行。京卫军士守卫守城者,无调遣之急,岁给与布匹棉花,使军妻各自缝制,以省有司劳费。此良法美意之所在也。今四卫军士,既给以布花,而又加此,非惟失预备非常之初意,且使恩出内竖,其于国体胥失之矣。"余公服其言。

每读《春秋左氏传》,列国大夫或论事,或谏君,动辄陈古制度,如指诸掌。共父文伯之母,虽一妇人,而其叙王后亲织玄紞以下云云,本末不遗如此,则当时学士从可知矣。于此不惟见古之人才皆有用之学,亦可以占先王教化之盛矣。今吏部每选考试,监生作经义,有不能记本题者,任意书平日所记文字塞白,名曰请客文章,亦得除授有司一职云。此风自宣德以来已有之矣。夫时文与古义,虽大不伦,而姑恤之政,盖无有甚于此者。呜呼,使此辈而寄以民事,欲民之弗病,得乎?

嵇昭,苏州昆山人。正统六年任知滦州。涉猎古今,莅民得体,尤善楷书。十三年,以外艰去,至今不忘其善。此《永平府志·名宦》条所载,然昆山未闻有此人。岂其先流寓他处,出身籍贯,犹书所自与？记以备考。

广陵之墟有五子庙，云是五代时群盗尝结义兄弟，流劫江、淮间，衣食丰足，皆以不及养其父母为憾，乃求一贫妪为母，事之甚孝。凡所举动，惟命是从。因化为善，乡人义之。殁后且有灵异，因为立庙。吴中祭五通神者，必有所谓太妈，疑即此鬼也。噫！人莫不善于为盗，而亦有风木之思，天理之在人心，固未尝泯也。况非其真母，而皆能循其教，卒化为善，不亦尤可取乎？世有亲在而不遵其教，亲殁，富贵而不思者，视五子能无愧乎！

延安绥德之境，有黄河一曲，俗名河套。其地约广七八百里，胡虏时窃入其中，久之乃去。叶文庄公为礼部侍郎时，尝因言者欲筑立城堡，耕守其地，奉命往勘。大意谓其地沙深水少，难以驻牧；春迟霜早，不可耕种；其议遂寝。然闻之昔张仁愿筑三受降城，正在此地。前时夷人巢穴其中，春深才去。近时关中大饥，流民入其中求活者甚众，逾年才复业。则是非不可以驻牧耕种也，当再询其所以。

《周礼》：春祭马祖，夏祭先牧，秋祭马社，冬祭马步。其文甚明。今北方府州县官，凡有马政者，每岁祭马神庙，而主祭者皆不知所祭之神。尝在定州，适知州送马神胙，因问所祭马神何称，云称马明王之神。及师生入揖，问之，亦然。盖此礼之不讲久矣。但不知太仆寺致祭如何，未及问也。

天妃之名，其来久矣。古人帝天而后地，以水为妃。然则天妃者，泛言水神也。元海漕时，莆田林氏女有灵江海中，人称为天妃。此正犹称岐伯张道陵为天师，极其尊崇之辞耳。或云水，阴类，故凡水神皆塑妇人像。而拟以名人，如湘江以舜妃，鼓堆以尧后。盖世俗不知山水之神，不可以形像求之，而谬为此也。

翰林院、尚宝司、六科官，其先常朝俱在奉天门上御座左右侍立，故云近侍。今皆在门下御道左右，云是太宗晚年有疾，用女官扶持上下，因退避居下，今遂为定位。六科本与尚宝司相邻，今工部委官制衣处，犹称六科廊是也。永乐间失火，迁出午门外，今遂为定居。

沈通理云：金陵一民家被雷，失去二人，遍求之，乃对坐一空柜中，其发茎茎相结。凌季行言：褚御史昌胤家人遇雷震死，遍身衣皆裂成细条，其条阔狭如一。邵文敬言：其乡雷击一佛殿，两鸱尾皆失去，盖脊筒瓦内石灰泥，撇净如扫，而瓦复不动。张汝弼言：松江一塔被雷，凡七层，每层檐铃皆失去其舌。夏德乾御史知新淦县，言本县一山有雷神，甚灵异。尝祈雨，雷雨大作，空中有物，形声如鸭，嘴爪如鹰者，三盘旋而飞。庙有大松十数株，每株爪去其皮二道，自根至梢，俱深入寸许，无一差爽。瞿世用御史尝知崇仁县，一日雷雨中有物堕谯楼，黑色，无头尾，其圆径丈余，不久复飞去，疑其为雷神。此皆平日闻坐客所谈，因类记之。

羣旧作群，云高皇恶君与羊并，命移君羊上。昃旧作昶，云文皇为夏中舍改书。崑旧作崐，云崐尹马文炯欲镇压其民改书。此乡俗相传，然羣崑古字，观韵书可知。昃字，尝于山东宪副陈善所观赵松雪墨卷见之。盖偏旁上下，自昔并用。祖宗及文炯，或者改其一时所见耳，非始此也。天顺甲申进士亶茂，英宗不识其姓，问之李阁老贤。贤对以音与陕同，因命改姓陕。近时山东布政使胡德盛奏事，适北边有警，上览疏，见其名，嫌德盛与得胜相近，命改名靖。

天顺间，江西儒士吴与弼讲明理学，名重一时。尝被荐征上京师，授春坊谕德，力辞不受，遣还田里。成化间，海南贡士陈献章亦以理学名，有司尝应诏荐上，上吏部，奏除翰林院检讨、驾部员外郎。张弼书韵语诮之云："君恩天地宽，臣节日月皎。无事徒受官，优游岂不好？未识义如何，借问程明道。李密是何人？亦有《陈情表》。"献章不能答，未久辞归。献章，与弼门人也。

于公谦、王公文遇害时，以迎立外藩诬之。文称冤，谦但云亲王非有金符不可召，当辩之。时印绶、尚宝诸内官闻之，检阅各王府符具在，独无襄王府者，众皆危疑，不知其故。乃问一退任老内官。云尝记宣德间老娘娘有旨取去，但不知何在。老宫人某尚在，必知其详。遂往问之，云是宣庙宾天时，老娘娘以为国有长君，社稷之福，尝欲召襄王，因取入。后以三杨学士议不谐而止。符今在后宫暖阁中。老娘娘，张太后也。于是启太后求之，果得于其处，已积尘埋没寸余矣。其后英宗悟二人之冤而悔者，亦以此云。

成化十三年，福建长乐县平地长起一山，长三日而止。度之，高二丈余,横广八丈。其旁一池,忽生大蚬,民取食之,味甚美。乃争取食,食者不数日患痢,死者千余人。

戴御史用,字廷献,江西高安人。未第时,尝延一师于家塾。师好为人作讼牒,用父却之。其俗,凡为师弃于人者,无所容身。由是怨之,乃匿处邻郡,令家人讼于官,云师有经义,直银若干,用图之致死。用不胜搒掠,乃自诬服。用家出重赏购求能得其踪迹者。逾年,忽一人报其匿处,乃俾为向导,果得之,事始白。后登成化丙戌进士第,仕至贵州参议。彼衡门褐夫,不皆用伍,则死于冤狱者岂少乎?此典刑者所以不可不敬慎也。

正统间,杨文贞公自江西还朝,所过馈送,一切不受。耿清惠公,时为淮扬盐运使,馈鸡四翼,茄一盘,杨公受之。且携手而行,其激扬之意,默寓于交际如此。先奉直公时客淮扬,亲闻其事。

天顺间,安阳民牧牛,入一破冢中,铁索悬一棺,去地四五尺,四旁无一物。民摇动其棺,沙土蒙头而下,不能开眼。民惧,急趋出,沙已没趺矣。翌日,拉伴往视之,沙土满中,不复见棺,盖触其机发也。

山西之石楼、永昌,陕西之神木等县,土人善邪术,名"小法子"。能以刀锥置人腹中,痛,久之即死。始觉时,急求解法,则免。广东西人善造蛊,置饮食中,中之,即腹胀死,以药物解之,即吐出本形,或鱼或蛇或虾蟆而愈。云南孟密等夷有术,能以木换人手足骨,人初不觉,久之,行远任重,即痛不能胜。有不信者,死之日,剖股视之,果木也。此皆问之其乡人,皆以为实有者。

成化初,江、淮大饥。都御史林公聪以便宜之命赈济,驻节扬州,令御史借粮十万石于苏州府。知府林公一鹗以苏为闽、浙衿喉,江、淮冲要,万一地方不靖,无粮,其何以守? 不许。御史乃借之松江而去。人以一鹗知大体云。

古对以文字分合者,如钼麛触槐,甘作木边之鬼;豫让吞炭,终为山下之灰;陈亚有心终是恶,蔡襄无口便成衰;二人土上坐,一月日边明;半夜生孩,子亥二时难定,两家择配,已酉二命相当。皆佳。近又闻有云:人曾作僧,人弗可作佛;女卑为婢,女又可为奴。亦可喜。

史传所载,修己背坼而生禹,简狄胸坼而生契,陆终氏娶鬼方之女,开其左右胁而生昆吾等六人。浮屠氏称释迦之生,出母右胁。黄冠氏称老聃之生,出母腋下。先儒多以为妄。魏黄初五年,汝南屈雍妻王氏生子,从右胳下水腹上出。宋时莆田尉舍之左,有市人妻生男,从股髀间出,皆创合,母子无恙。二事各有指据,然亦未敢尽信也。近见巡按凤阳御史周蕃奏灵璧县民家生一子,溃母脐下而出,创溃处寻愈。据此则汝南、莆田二子之生,当亦不诬也。

汉、唐、宋兵制,皆取兵于民,壮则入伍,老则放归,即三代寓兵于农之遗制也。本朝军伍,皆谪发罪人充之,使子孙世世执役,谓之长生军。且谪发之地,远者万里,或数千里,近者千余里。南北易调,非其土性,难以自存,是以死伤逃窜者,十常七八。行伍实数,能几何人?况有罪谪发者,率皆奸民,善于作弊,无惑乎什伍之亏耗也。在京惟府军前卫幼军,皆止终其身,与前代兵制暗合。旗手卫有等军士,永乐间奉有不逃止终本身、逃者子孙勾补之旨。宁老死行伍,无一人逃者。府军前卫幼军,旧亦多逃。近比旗手之例,著为常令,故今亦无逃者。盖逃者特为身谋,其不敢逃者,为子孙谋也。使当时议兵制者,以前代之制为主,而以此法绳之,则隐匿脱漏之弊。固不能保其必无,恐亦不至今日之甚也。

急须,饮器也。以其应急而用,故名。赵襄子杀智伯,漆其头以为饮器。注云:"饮,于禁反,溺器也。"今人以暖酒器为急须,饮字误之耳。吴音须与苏同,今称暖熟食具为仆憎,言仆者不得侵渔,故憎之。王宗铨御史尝见内府揭帖,令工部制步甒,云即此器,乃知仆憎之名传为讹耳。直驾校尉著团花红绿衣,戴饰金漆帽,名曰"只孙鹅帽"。只孙,衣名,今人有称"执金吾帽"者,亦似是而非也。

医士刘溥,字原博,博学能诗。画士范暹,字启东,读书善谈。二老皆苏人,在宣德、正统间,馆阁诸公皆爱重之。原博仅官太医吏目,启东终身布衣而已。意者当时士人,皆知自重,不肯干人,当道亦不肯以名器私其所厚而然邪?吾于是不能无感。

昆山五保张某,兄弟业疡医。凡求疗者,必之弟而不之兄。由是弟日饶,兄日凋落。兄妒之,欲俟其出,将甘心焉。一日,买舟入城,兄预匿舟中,行至新洋江,忽起,摔其弟。舟人惧,急搒舟就岸,得逸去。将讼，县有父老曰："彼无天理而害汝，今计不行，是有天理也。若讼之，且将拘系证佐，必贻害舟人，不如且止。"从之。未几，兄一夕睡至旦，目不能开，竟成瞽疾而死于贫。人以为不道所致云。

元制，内设中书省，外设行中书省。故旧时移文中，多称各省。今既改行省为布政司，而移文奏章尚有称省者。今之提刑按察司，即元之肃政廉访司。俗称按察使为廉使，按察司多扁肃政字，皆踵其旧也。揆之时制，似亦非宜。在京各道厅事，及在外察院多扁正己字，诸司则无之。盖误读程伯淳语御吏为御史故也。不然，岂有官者皆不必正己，惟御史当然耶？

《玉篇》奇字类，如欸乃、万俟、宿留、冒顿、可汗、阏氏、龟兹，皆连绵假借。余如袒免、星宿之类，半是本字，未为奇也。今记忆类此者书之，读书有得，当不一书。於戏乌呼、委蛇逶迤、齐衰咨崔、相近禳祈、扶服匍匐、扬休阳煦、子谅慈良、恶池呼沱、曲逆去迂、休屠朽除、谯诃谁何、从臾怂勇、陂池坡陀、取虑趋庐、毒冒代妹、未嬉妹喜、揖濯楫擢、魋结椎髻、洒削洗鞘、厓皆厥、朱提主池。

潘流清处之，青田人。与岳内翰季方同游太学，俱有文名，且相友善。流清未仕卒，其子辰幼孤，流落京师。一日，季方过陈缉熙内翰，适其友李斯式出揖。季方愕视久之，问故，云此吾故友潘流清应真也。翌日，遣人延斯式至家，命工写其真，且以示辰。云此汝父遗容，命拜之。辰不识，持归示其母，其母泣涕而藏焉。此亦衣冠中一异事也。辰字时用。博学能诗文，与李宾之学士有通家之好，李盖岳之婿云。

松江一京官，养疴家居，因星士言，某年当死不测，日以诗酒盘桓园池间。虽比邻招饮，亦不出也。一日，弹琴假山下，石仆压死。闽中一娼色且衰，求嫁以图终身，人薄之，无委禽者。乃决之术士，云年至六十当享富贵之养，娼不以为然。后数年，闽人子有奄入内廷者，既贵，闻其母尚存，遣人求得之，馆于外第。翌日，出拜之，遥见其貌陋，耻之，不拜而去。语左右云："此非吾母，当更求之。"左右观望其意，至闽求美仪观者，乃得老娼以归。至则相向恸哭，日隆奉养，阅十数年而殁。威宁伯王公为大同总兵时，术士俞姓者，一日过职方，予问之,曰:"当不久败矣。"予问:"当在何年?"曰:"今年。"未几,降敕面谕,革爵为民,安置安陆州。

周宗伯洪谟之父,尝为长阳训导,作《妖魅说》。言门生何瓒与其弟饮民家,瓒醉归,失弟所在,搜于山,累日,得之木上。问其故,云一人引至此,今见尔辈来,遁去矣。盖山鬼也。又门生之父郑老者,入深山采药,遇木有大菌,乃取之。行数里,有人追与斗,云:"何以割吾耳?当见还。"郑老巫者,有禳鬼术,其人不能加害而去。然精思恍惚,迷其归路。后数日,家人寻得之,邀使归,固不肯,乃执以归。药之而醒,备言其故,如一梦也。大抵深山幽谷中,固多强死之鬼,与木石鸟兽之怪,人不知戒,故有独行遇害者。凡入深山者,须持利刃,不宜独行。

吏部尚书历城尹公旻罢后,朝士多指其招权纳赂之迹,甚者上章乞籍其家资之半,赈济山东饥民。公之富,未必如是之甚也。其所以失士大夫之心者,直以待人不诚耳。如各部司属官之贤能者,每向人称道之,以示其知人。及推举时,乃先掌科掌道官。若举部属,亦先出入中官之门者,平日所称道者反不与。又尝记户科给事中李孟旸奉使山西,回见代州等处要地,武备不饬,奏乞设整饬兵备副使,以专其责。兵部覆奏,已得旨俞允。及咨吏部,乃寝而不行。后察之副使,该于刑部年深郎中内,以次升用,一乡人觊觎京职,不欲外升。欲越次他升,又恐机泄,故止。觊觎京职者,不久果升大理丞,后坐其党,调外任。

吴中有鬼善淫,凡怀春之女,多被污。与之善者,金帛首饰,皆为盗致。吾昆真义民家一女,将被污。女曰:"泾西某家女貌美,何不往彼而来此?"鬼云:"彼女心正。"女怒曰:"吾心独不正耶?"遂去,更不复来。乃知邪不干正之说有以也。

苏城商人蔡某,尝泊舟京口,见一客长躯伟貌,须髯被腹,髭长数寸,蔽口。窃计其有碍饮食,乃邀入食肆以观之。客临食,脱帽,拔髻中二簪,绾其髭,插入两鬓,长歠大嚼,旁若无人。食已,谢去,曰:"感君厚情,何以为报?"令舟中取一木棍授之,云:"倘舟行有人侵侮,当以此示之,云'胡子老官,压惊棍在此',彼必退去。"后行江中,猝遇暴客，蔡如其言，果不犯而去。如是者再，始知其为暴客之渠魁，威信素行于人故也。蔡后死九江，客闻之，赙以白金，遣人护丧至京口而去。

钞字，韵书平去二声，皆为略取写录之义，无以为楮币之名者。今之钞，即古之布。《诗》云"抱布贸丝"，《周礼》"宅不毛者，有里布"是也。但古以皮，故曰皮币，今以楮，故曰楮币耳。宋有交子、会子、关子、钱引、度牒、公据等名，皆所以权变钱货，以趋省便。然皆不言其制，惟入中盐粮有盐钞。钞之名，始见《宋史》。盖即今盐引也。今文移中有关子，僧道簪剃有度牒，乡试举人投礼部有公据，茶盐等货俱有引，皆公文耳。《金史》记交钞之制，外为阑，作花纹，其衡书贯例，外书禁条，阑下备书经由行换之法。及其印章花押，一贯至五十贯，名大钞。一百文至七百文，名小钞。以七年为限，纳旧易新。《元史》记钞之文云：以十计者四，曰一十文、二十文、三十文、五十文。以百计者三，曰一百文、二百文、五百文。以贯计者二，曰一贯文、二贯文。然皆不详其尺寸之制。今之钞，盖始于金，而元承其制，本朝沿袭之欤！闻洪熙、宣德间，犹有百文钞。今但有一贯文者，每贯直银三厘，钱二文，非复国初之直矣。其制以桑楮皮为之，竖长一官尺，横八寸，额上横作楷书，云"大明通行宝钞"，中作楷书"一贯"二字，字下图一贯钱形，左右作叠篆各四字，云"大明宝钞，天下通行"，其下楷书钞法禁例，上下钤户部印，四围花纹阑。

镯音蜀，又音浊。《周礼》"鼓人以金镯节鼓"，注云：钲也，形如小钟。韵书又云"温器"。今人名臂环为镯，音浊，盖方言也。近考之，蠋，桑虫，一名蚅。《尔雅》"蚅乌蠋"，《诗》"鞗革金厄"，注云：金厄，接辔之环，形似乌蠋，以金为之。今女人金银臂环累累有节，而拳曲正如蠋形。镯当作蠋，音虽少异，其义甚明。

里人曾孟源尝夜行，有水当涉，遇一旧识，云："吾负汝过。"孟源喜从之，及上其身，忽悟云："此人已死，安得在此？必鬼欲迷我耳。"乃坚附其背。既登岸，负者云："可以下矣。"孟源附之益坚，忽变为一板，抱至民家，叩门乞火烛之，乃火焦棺板也，劈而焚之，深以为不祥，自分必死，然竟无恙，后年逾七十而终。

卷九

陈宗训者，太宜人之伯父。涉猎书史，事母尽孝。每饮食亲友家，遇时新品味，母未尝，必托以疾忌，不一下箸。翌旦，必入城市，买以奉母。或远方难得之物，可怀者必怀归。母心乐之，至老不衰。太宜人事先祖母，曲尽孝谨，有自来矣。

雎鸠，扬雄、许慎以为白鹭，郭璞以江东人谓之鹗，陆机以幽州人谓之鹫。黄公绍讥其皆以意求之，断以为即今之杜鹃，云："自蜀人作《华阳国志》，妄称望帝所化，遂有杜鹃、杜宇之名，而雎鸠、王雎，世反不识。"此正以五十步笑百步者也。惟朱子《诗传》云"状类凫鹭"，最为得之。今吴音讹呼雎为竖。婚礼，好事者必求鸳鸯、王雎以备名件。盖非尚珍异，鸳鸯取其匹而有思，王雎以其挚而有别也。

文武诸司之设，各有正官主之，如五军都督府则左右都督，通政司则通政使，大理、太常、鸿胪、光禄等寺则各寺卿，国子监则祭酒，太医院则本院使，钦天监则本监正，上林苑监则左右监正是也。近年各以尊官处之，中军都督府英国公张懋，右军都督府保国公朱永，皆太子太傅。左军都督府定西侯蒋琬，前军都督府新宁伯谭祐，后军都督府襄城侯李瑾，皆太子太保。通政使司张文质、太常寺刘岌，鸿胪寺施纯，皆太子少保、礼部尚书。大理寺，工部尚书杜铭。光禄寺艾福，国子监丘濬，钦天监康永韶，皆礼部侍郎。太医院则通政使蒋宗武，上林苑监则右通政李孜省。此亦制度之一变也。成化乙巳记。

《癸辛杂识》云："官品有金紫银青之目，盖金至于紫，银至于青，为绝品也。"此说殆非。盖金银谓印，青紫谓绶，或谓所佩鱼袋及服色耳。古人有金章紫绶紫袍，今时文武极品官，俱无金印，印亦无绶。又紫为禁色，臣下无敢服者，惟四品以上，绯袍金带，七品以上，青袍银带。此即金紫银青之遗制也。

巡抚官永乐间已有之，然仅设于要处耳。洪熙、宣德初年，添设渐多，侍郎、通政、大理寺卿惟其人，不皆都御史也。景泰以来，悉置都御史。初意盖以御史在外，多浮薄不逊，以此轧之耳。以今计之，亦太盛矣。苏、松等处，凤阳等处，宣府等处，顺天等府，保定等府，延绥等处，甘肃等处，河南、山东、山西、辽东、大同、宁夏、陕西、湖广、江西、两广、云南、四川、贵州、福建，凡二十人。内署衔不同者，两广曰总督军务，苏松等处曰总理粮储，凤阳等处曰总督漕运，辽东、湖广、云南皆曰赞理军务，山西曰提督雁门等关，保定曰提督紫荆等关，顺天等府曰整饬蓟州等处兵备，余止称巡抚。郧阳等处曰抚治，盖主流民也。凡推举各边及腹里干涉军务者，吏兵二部会同；干涉钱粮流民者，吏户二部会同。惟总督漕运者，吏户兵三部会同。江西、福建、山东地方，有事则设，事宁则革之。

各处总兵官印文，辽东曰征虏前将军，宣府曰镇朔将军，大同曰征西前将军，延绥曰靖虏副将军，宁夏曰征西将军，甘肃曰平羌将军，云南曰征南将军，两广曰征蛮将军，湖广曰平蛮将军，皆柳叶篆。漕运总兵无将军名目，其印曰漕运之印，叠篆文。若陕西止称镇守官，贵州、蓟州等处，虽名总兵，俱无将军印。

永乐间，平江伯陈公瑄把总海运粮储，共一百万石。时未有总兵之名。十三年，里河漕运加至五百万石，统各处一百七十余卫。后以湖广、浙江、河南、山东各都司所属茶陵、临山、彰德、济南等卫地远，省之，每岁止运四百万石。洪熙元年，始充总兵官督运，镇守淮安，此设总兵之始也。宣德四年，同工书黄福计议于徐州等处立仓，令官军接运。六年，挂漕运之印。八年，公薨，以都督佥事王瑜、都指挥佥事吴亮充左右副总兵同管。正统四年，专以马兴充总兵，汤节充参将，此设参将之始也。景泰二年，设左佥都御史王竑同管。此文臣总督漕运之始也。

钦天监官例不致仕，老死而后已。天文生由科目出仕者，只于本衙门任用，不令出任府州县官。盖有深意存焉。太医院官无考满依资格升职者，盖此流医药有效，则奉特旨升官故也。近年吏部考察京职，钦天监官年六十以上者，俱勒令休致，罢革传奉冗官，则太医院官皆在其列。计无所出，则请旨去留，由是权移他手，而贤否混淆矣。

乡民有子患疮疹，备牲酒祷神，语拙不能致词，乃要其妇翁祷之。

翁之孙适亦患此疾，翁乃对神私语，为其孙祷。时婿拜于后，怪其词不扬，膝行听之，知其然，未敢言也。俄而翁之孙愈，婿之子亡。婿由是甚怨之，以其情诉于人，人以为笑。成化间，一巡抚都御史被讼于朝，其亲有官给事中者，巡抚乃以重赂托之，赂中官求援，给事以为己物，奉以求进，由是得升吏部侍郎，而巡抚竟坐法戍边死。又兵部尚书缺人，一兵部侍郎欲得之，其亲家有为刑部尚书者，素稔中官，遂托之纳赂。尚书之为己谋亦如给事。于是去刑而迁兵，侍郎知之，恚恨，疽发项死。此二人与妇翁之御其婿者甚类，皆可笑也。

南京妓女刘引静，幼为一商所养，商死，刘为持服。岁时修斋设祭，哭泣甚哀，日以女工自养，誓不接客，家人不能夺其志也。商家后凋落，且能推所有，以周其妻子。有富翁闻其贤，欲娶焉。刘不从而止。京师郭七公子者，故定襄伯登之从子也。尝昵一妓，方妙年，公子死，即削发解足纨为尼。屠宝石，京师大贾也。尝以罪发遣辽东充军，家破无可托者，以白金万两寄所昵妓家。后数年赦回，以所寄还之，封识如故。世有处贵富之地，而淫亵无耻，当变故之时，而贪昧忘义者多矣。孰知风尘之中，有此卓异者。人性之皆善，岂不信哉！然则观人者，未可以其类也。

朝廷近建三官庙，规制弘丽，像肖庄严，其费皆出内帑，不烦有司。工成日，内府各内官及文武诸司大臣，俱往瞻礼。盖上承母后意，而群臣将顺之也。兵书涞水张公问予三官所由始。尝考之汉熹平间，汉中有张修为太平道，张角、张鲁为五斗米道，而鲁尤盛。盖自其祖陵、父衡造符书于蜀鹤鸣山，制鬼卒祭酒等号。有疾者，令其自书氏名，及服罪之意。作三道，其一上之天，著山上，其一埋之地，其一沉之水，谓之天地水三官。三官之名，实始于此。予既以复张公，且为评云："水为五行之一，生于天而附于地，非外天地而为物也。今以水与天地并列，已为不通之论。若其使民服罪之书，水官者沉之水，地官者埋之地，似矣。天官者既云上之天，则置之云霄之上可也，却云著之山上。然则山非地乎？其诬惑蚩蚩之民甚矣。"

"大瓢子中消白日，小车儿上看青天"。此邵康节先生诗。今人呼盛茶酒器为瓢，有自来矣。然此字亦后人方言所增，韵书无之。

《檀弓》记孔子居宋，见司马桓魋自为石椁，三年而不成。曰："若是其靡也，死不如速朽之愈也。"初疑所谓石椁，若今合石为之，不应若是其难也。弘治戊申之春，舟过徐州约三十里，闻乡人言，其地有洞山寺，寺下有洞，为古迹，甚奇。乃命舣舟一登，读眉州万阁老所撰建寺碑，乃知即所谓桓山，宋桓魋葬处也。其隧道当南向，今已在佛殿下矣。佛殿后有一穴可入，石椁约高丈余，其深约五六步，其广半之。两旁又各凿为夹室状，每处可容十人。盖四周一全山，山而剜其中耳，是宜三年而不成也。苏长公游此山时，盖已荡然，金椎之余矣。今石壁所刻赋，盖后之好事者为之。其称洞山者，以石椁为洞也。

近见二文士有三年服者，同送乡人之丧，一人束孝帛，一人不束。人问之，不束者云："重不可加轻。"束者云："斯须之敬。"闻者质予，当以何人为是。予曰："若论小节，二人皆是。若论大体，二人皆非。盖父母之丧，虽出门吊问亦不可，况可送之出郊乎？今既往吊，且受其帛矣。及出送，而曰重不加轻乎？如以为礼尚往来，使子弟行之可也。"

唐诗云："邵平瓜地接吾庐，谷雨干时手自锄。"《历解》云：谷雨读作去声，如雨我公田之雨。自雨水后，土膏脉动，令雨其谷于水也。读为上声者非。

梅圣俞《河鲀诗》云："春洲生荻芽，春岸飞杨花。河鲀当此时，贵不数鱼虾。"而吾乡俗语则云："芦青长一尺，莫与河鲀作主客。"芦青，即荻芽也。荻芽长，河鲀已过时矣。而圣俞云然，予尝疑之。后观范石湖《吴郡志》，始知此鱼至春则溯江而上，苏、常、江阴居江下流，故春初已盛出，真、润则在二月。若金陵上下，则在二三月之交。池阳以上，暮春始有之。圣俞所云，殆池阳、当涂之俗；而欧公所谓"群游水上，食絮而肥"，南人多以荻芽为羹，则又附会之说，非真知河鲀者也。

观属目，闻属耳。然佛书有"观其音声"之文。杜诗有"心清闻妙香"之句。正犹鸟不可以牝牡言，兽不可以雌雄言，《易》有牝鸡，《诗》有雄狐。此文字中活法，可以意会而不必泥也。

蜃气楼台之说，出《天官书》，其来远矣。或以蜃为大蛤，《月令》

所谓"雉入大海为蜃"是也。或以为蛇所化，海中此物固多有之。然滨海之地，未尝见有楼台之状，惟登州海市，世传道之，疑以为蜃气所致。苏长公《海市诗序》，谓其尝出于春夏，岁晚不复见。公祷于海神之庙，明日见焉。是又以为可祷而得，则非蜃气矣。《辽东志》云：辽东东南皆山也，其峰峦叠翠，葱蒨可观。当夏秋之交，时雨既霁，旭日始兴，其山岚凝结，而城郭楼台，草木隐映，人马驰骤于烟雾之中，宛若人世所有，虽丹青妙笔，莫尽其状。古名登莱海市，谓之神物幻化，岂亦山川灵淑之气致然邪？观此，则所谓楼台，所谓海市，大抵皆山川之气，掩映日光而成，固非蜃气，亦非神物。东坡之祷，盖偶然耳。且诗中有云："朝阳太守南迁归，喜见石廪堆祝融。自言正直动山鬼，岂知造物哀龙钟。"其自负亦不浅矣。况此老素善谑，又安知非自神其事，以鸣其不平邪？

虞邵庵作《朱泽民母吉宜人墓碣》，有云："至元甲午，吉宜人将就馆，其姑施夫人疾病，叹曰：'吾妇至孝，天且赐之佳子，吾必及见之。'既而疾且亟，治后事，其大父卜地阳抱山之原，使穿圹以为藏。施夫人曰：'异哉！吾梦衣冠伟丈夫来告云：勿夺吾宅，吾且为夫人孙。'既而役者治地深五尺，得石焉。封曰'太守陆君绩之墓'，别有刻石在旁，曰：'此石烂，人来换。'石果断矣，其祖命亟掩之，而更卜兆地。夫人又梦伟衣冠者复来曰：'感夫人盛德，真得为夫人孙矣。'德润生，其大父字之曰顺孙，而施夫人没。人以为孝感所致。"德润，泽民名也。泽民仕元，为征东行省儒学提举，今朱文天昭御史之高祖。审如是，则泽民乃陆公绩后身也。予尝观前代探环觅刀等事，犹未之信。今观此文，则知天地间异闻，不可谓尽无也。

杨铁崖，国初名重东南，从游者极其尊信。观其《正统辩》、《史钺》等作，皆善已。若《香奁》、《续奁》二集，则皆淫亵之词。予始疑其少年之作，或出于门人子弟滥为笔录耳。后得印本，见其自序，至以陶元亮赋《闲情》自附，乃知其素所留意也。按《闲情赋》有云："尤蔓草之为会，诵《召南》之余歌。"盖"发乎情，止乎礼义"者也。铁崖之作，去此远矣。不以为愧而以之自附，何其悍哉！《香奁》、《续奁》惟昆山有刻本，后又有杨东里跋语。玩其辞气，断非东里之作，盖好事者盗其名耳。记此以俟知者。

魏将军某，年七十余，披甲上殿，及随銮舆出入，不减少年。人问其平生事，云年四十五时，已绝男女之欲。周和尚，庐陵人，流落京师，年九十余，远路能步行，须发不白。予尝问其得何修养之术，云无他术，自壮年能节欲耳。且云："人之精液，度与女子能生人，若能保守存留，岂不能资生自身？"太仓画士张羿，年九十余，耳聪目明，犹能作画。尝问其何修而致？云"平生惟欲心颇淡，欲事能节，或者赖此耳，无他术也"。

毗陵谢应芳子兰，尝论三高祠不当祠范蠡。云："季鹰、鲁望，吴产也。吴人视为东家丘是已。鸱夷子皮，始终事越，间以行成留吴，其心未尝一日忘乎越也。进美女，献宝器，以惑吴之君臣。乘虚进兵，以灭吴之宗社。大率皆蠡之谋，越人论功，蠡居第一，岂非吴之大仇乎！惟其功成名遂，遁迹而去，其识见固高于常人。然浮海之装，捆载珠玉，在齐复营致千金之产。自齐居陶，父子耕畜，转物逐利，复积畜累巨万。太史公前后不一书者，盖深鄙之，非美之也。较诸子房辞汉，翛然从赤松子之游，相去多矣。杜牧之、苏子瞻皆谓蠡私西施，以申公夏姬为比。由是观之，谓其人为贪为秽，亦不为过，尚何风节足慕乎！今也以吴人馨香之黍稷，享敌国贪秽之仇雠，于理其可乎哉！《礼》云：民不祀非族。况仇敌乎！吴有三高，人特未之思耳。若泰伯、仲雍、延陵季子，真天下所共高者也。凡为吴人，苟非土木，孰不有高山景行之思。宜尊三让至德之圣，祠于堂上，配以二贤，仍以季鹰、鲁望列之从祀。如此，则正前人之谬戾，新斯民之耳目，振高风，崇礼让，激衰世薄俗而劝之于风化，岂小补哉！若谓蠡有功而祀之，则越人祀之宜矣。如诸葛武侯之贤，蜀人祀之，吴、魏未尝有祠焉。斯理之公，古今一致，所谓质诸鬼神而无疑者也。"此言具子兰《上饶参政书》。自志云："方议移文有司，会世变而止。"按此言蠡事，大率皆前人所尝道，其言吴有三高，人未之思一段，则前人所未发也。

先儒谓诗传有本韵不必叶而叶者。今细察之，信然。如《吉日》三章："其祁孔有"，"或群或友"，"悉率左右"，皆叶羽已。然有、友、右，皆从又，吴人自来呼又为以音，但不通于天下耳，不必叶也。又如

《隰桑》"遐不谓矣",《传》云：遐与何同。若以声音相同,则今常熟吴音称何人为"遐个"是已。其引郑氏云：遐之言胡也,则又以义不以音矣。

巡抚周文襄公初至昆山,甫登岸,盛怒,挞一人,儒学教谕朱冕叱皂隶令止。进白公曰："请姑息怒,至衙门治之可也。"公从之。至寓府,入见后,公召冕问故,对曰："下车之初,观瞻所系,恐因怒伤人,累盛德耳。"公谢之。未几,太仓开设卫学,公奏保冕为教授,且语二卫武职云："吾为尔子弟得一良师,宜隆重之。"冕字士章,嘉兴人。在昆庠时,季考月试,赏罚明信,弟子多所作成。至今论师道者,必首称之。详见叶文庄公《水东日记》。

尝闻中官谈汉府事,因问汉庶人所终。云：初,庶人被执,锁絷逍遥城。一日宣庙欲往观,左右止之,不听。及至,熟视久之,庶人出其不意,伸一足勾上仆地。左右急扶起,久而神思乃宁。始自悔,亟命壮士舁铜缸至,覆之,缸约重三百斤,犹觉顶负而动,积炭缸上如山。然炭逾时,火炽铜熔,庶人亦不知其处矣。

成化二十一年乙巳二月初五日丑时,泰山微震,三月一日丑时大震,本日戌时复震,初五日丑时复震,十三日,十四日相继震,十九日连震二次。考之自古祥异,所未闻也。

凡军前纪功,南蛮首三级为一功,北狄首一级为一功。凡妇人首级,受赏而已,不升官。北狄妇人面与男子无须者不异,故报功者多。杂以妇首充数,莫能辨也。尝遇都督马仪,谈及此。仪云："辨之亦有法。纪功多文臣,不知此法耳。第投水中。仰者妇人,俯者男子。"予尝闻水中浮尸,男俯女仰,此阴阳定体之妙。虽人力翻覆之,终归其旧,未知人首亦然。仪在边最久,必尝试,知其然也。

积书不能尽读,而不吝人借观,亦推己及人之一端。若其人素无行,当谨始虑终,勿与可也。世有借书一痴,还书一痴之说,此小人谬言也。痴本作瓻,贮酒器,言借时以一瓻为贽,还时以一瓻为谢耳。以书借人,是仁贤之德,借书不还,是盗贼之行,岂可但以痴目之哉！

通政司所以出纳王命,为朝廷之喉舌,宣达下情,广朝廷之聪明,于政体关系最重也。洪武、永乐间,实封皆自御前开拆,故奸臣有事即露，无幸免者。自天顺间，有投匿名奏本言朝廷事者，于是始有关防。然其时但拘留进本人，在官候旨意，出即纵之，未尝窥见其所奏事也。后不知始于何年，乃有拆封类进及副本备照之说，一有讦奏左右内臣及勋戚大臣者，本未进而机已泄，被奏者往往经营幸免，原奏者多以虚言受祸。祖宗关防奸党，通达下情之意，至是无复存矣。可胜叹哉！

成化末年，太监梁芳辈导引京师富贾，收买古今玩器进奉，启上好货之心，由是幸门大开。金夫子弟，各以珍异投献求进而无名，乃于各寺观聚写释道星命等书进呈，遂得受职。内原任中书序班者，得升职至太常、鸿胪、太仆、少卿等阶，白身人得受鸿胪主簿、序班等职。生员、儒士、匠丁、乐工、勋戚厮养，凡高赀者，皆与并进，名曰传奉。盖命由中出，不由吏部铨选，故名。名器之滥，无逾此时。未几，以星变修弭，廷议革之，稽其数，原有职传升者三十六人，白身授职者五百三十八人，悉革职，勒令原籍闲住，不再录用。军职传升者，数当倍蓰，未暇籍也。

鸭脚树实如杏，而其核中之仁可食，故曰仁杏。今云银杏，是似而非也。

陆展染白发以媚妾，寇準促白须以求相，皆溺于所欲而不顺其自然者也。然张华《博物志》有染白须法，唐、宋人有镊白诗，是知此风其来远矣。然今之媚妾者盖鲜，大抵皆听选及恋职者耳。吏部前粘壁有染白须发药，修补门牙法，观此可知矣。

卷十

予未第时，未尝作诗余。天顺己卯赴会试，梦至一寺。老僧出卷求题，予为一阕与之。既觉，犹记其半云："一片白云，人留不住。一坐湖山，人移不去。翠竹吟风，苍松积雨，此是怡情处。"及下第归，读书海宁寺，僧文公出《白云窝卷》求题，宛如梦中。癸未会试，尝梦人赠诗云："一篙春水到底浑，入指不见波涛痕，霹雳为我开天门。"至期，贡院火。盖术家有霹雳火之名，而"到底浑"、"不见痕"，如其兆矣。成化癸巳，初入职方，梦访李阁老，题其壁云："浴日青山雨，文天碧海霞。臣言甘主听，骑马夜还家。"戊戌在武库时，梦为小词云："风剪剪，花枝偃，铃索一声惊卧犬。可人期不来，半窗明月朱帘卷。"乙巳居忧时，梦为一诗云："海中种珊瑚，远意为儿女。十年失采掇，一枝遽如许。"俱未解其何谓也。

郊坛天地合祀，自唐、宋已如此，而制度有不同耳。唐合祭非定制。宋南郊、北郊各有坛壝，每岁祭天凡四举。如祈谷大雩之类，皆不合祭。惟冬至合祭天地，三年一举耳。本朝无北郊，每岁孟春，天地合祭于南郊，名天地坛。坛上又有大祀殿，以为行礼之处。闻议礼之初，高皇帝以义起之，儒臣莫能夺也。宋朝最多名臣硕儒，而其制礼亦多难晓。如祭天于圜丘，而从以五方之帝，则凡本乎天者，无不在矣。又有所谓感生帝之祭，感生，谓如以火德王，则祀赤帝也。祭地于方泽，而从以岳镇海渎，则凡丽乎地者，无不在矣。又有所谓神州地祇之祭，即京畿土地也。程子尝言：既祭社，则城隍不当祭。不知于此等大处，何独无议论，抑尝有之而莫能回邪？

尝读《召南》，至《野有死麕》一诗，以其类淫奔而疑之。然以晦庵先生之所传注，不敢妄生异议也。近观王鲁斋《二南相配图》，乃知古人先得我心之所同然矣。盖鲁斋以《二南》篇名各十一篇，《召南》之《甘棠》，为后人思召伯而作。《何彼秾矣》为《王风》之错简，《野有死麕》为淫诗，皆不足以与此。其大意以为今诗三百五篇，岂尽定于夫子之手，其所删者，容或有存于里巷浮薄之口，汉儒取以补亡耳。于是配以为图，其见亦卓矣。使鲁斋生于晦庵之时，得与商榷，能不是其言乎？《甘棠》《何彼秾矣》二篇，则非予识所能到也。

医书言瘦人骤肥，肥人骤瘦，皆不久。同年薛为学登进士时，体甚肥，及为御史，忽尔瘦削。未几，公干郧阳，一疾而殁。闻殁时，身躯缩小如十余岁小儿，此尤可异也。

徐州百步洪、吕梁上下二洪，皆石角巉岩，水势湍急，最为险恶。正统间，漕运参将汤节建议于洪旁造闸积水，以避其险，闸成而不能行，遂废。成化六年，工部主事郭昇，凿百步外洪翻船石三百余块，又凿洪中河道，累石修砌外洪堤岸一百三十余丈，高一丈。八年，主事谢敬修砌吕梁上洪堤岸三十六丈，阔九尺，高五尺；下洪堤岸长三十五丈，阔一丈四尺，高五尺。二十一年，主事费瑄修砌吕梁上下牵缆路若干丈。皆便民美迹，而三人皆遭谤议，遂至坎坷。盖志于功名者，多不避小嫌；无所建立者，辄生妒忌；当道者不能察，则辄信不疑，而废弃及之。知巧者遂有所惩，而因循岁月，虽有当为之事，一切逊避，以免谤议矣。呜呼！仕道之难如此夫。

王忠肃公翱一日入内府，主事某从至左掖门，附名。主事书云：吏部尚书王、主事某入。忠肃叱之，云："汝知敬我，不知敬朝廷邪？君前臣名，汝不闻乎？"使书名而入，立候东阁下。主事在左顺门旁，与一旧识内竖谈笑自若，公遥见之，呼主事问曰："曾读《论语·乡党篇》否？"主事以"曾读"对。公曰："过位，色勃如也，如何说？此地岂是尔嬉笑之所？后生如此轻薄邪？"盖奉天门御榻在焉，左顺去奉天不远，故忠肃云然。其敬慎如此，忠肃之谥，可无愧矣。

宪宗皇帝受终日，英宗遗言"免用宫嫔殉葬"，此最盛德事。故宪宗宾天，亦有命不用，遵先训也。於戏！英宗一言，前足以杜历代之踵袭，后足以立万世之法程。自《黄鸟》兴哀之后，仅见此耳，岂非不世出之明君哉！

宋朝臣寮受恩典者，皆上表谢恩。凡上尊官皆用启，故当时有王公《四六语》《四六嘉话》等书。大率骈丽之文，褒谄之语，其于治体无补。本朝表笺，皆有官降定式。惟每科状元率诸进士谢恩表，及公侯伯初封谢恩表，出自临时撰文。上朝廷封事谓之"奏"，上亲王谓之"启"，亦皆直陈其事，不用四六体。是以文臣文集中，无作"启"者，去华就实，存质损文，亦士习一变也。前代公移多繁文，洪武初，亦有颁降芟繁体式。职方掌边务，覆奏封事颇多事，必引援经史，断以大义，比诸司章奏，稍涉文墨，盖故事因袭如此。至凡事宜掌司时，一奏之中，引经大半，而处置事体处，反欠精神，人颇厌之。予窃以为边方有事，只须斟酌事体，非卖弄文学时也。故凡覆奏本，止是就事论事，不急繁文，一切损之。惟本部有所建明，及评议议事条件，应引经史者，略引为证，庶使词理简明，尽对君之体。闻天顺间，职方奏内引《书》曰："惟事事乃其有备，有备无患。"一兵书抹去"乃其有备"四字，云："何用如许字？"该司云："此经句，不可去也。"兵书以轻薄叱之。诸司闻之，以为笑谈。

车字昌遮切者，韵书云：舆轮之总名。今观凡器之运转者，皆谓之车。则车字有转运之义。如桔槔汲水曰车水辘轳，挽舟过堰曰车坝，纺纱具曰纺车，扬谷具曰风车，缫丝具曰缫车，圬者敛绳具曰线车，漆工漉漆具曰漆车，规工曰车旋，皆以其有机轴，能运转也。至于沸油者曰油车，梳工制梳骨、角工制簪亦皆曰车，此未可晓。

兵部选官后，武选司官必于内府贴黄。所贴有内黄、外黄。旧官新官，各有黄簿。每官一员，名下注写功升世次，会同尚宝监、尚宝司、兵科官于奉天门请用御宝钤记。外黄印绶监收掌，内黄送内库铜柜中收贮。后遇袭替，官选簿迷失者，与赴内府查外黄，外黄可验则已，如或不明，查内黄，其慎重如此。今军职多不知自重。如在京卫所官犯罪，备招送武选查例发落者，无日无之，往往有罪大恶极，非人所为者。故予尝谓不观贴黄用宝，不知军职之所以重；不观法司招议，不知军职之所以轻。

成化末年，患京师多盗。兵部尚书余公议欲大索京城内外居民。予尝以曹参告后相，狱市并容之说止之。公不听，语人曰："陆郎中书本子秀才耳。"乃奏差科道部属等官五十员，分投街巷，望门审验。时有未更事者，凡遇寄居无引者，辄以为盗，悉送系兵马司。一二日间，监房不能容，都市店肆佣工，皆闻风匿避，至闭门罢市者累日。骚扰之谤,渐闻禁中,公始悔之。早朝时,途中有抛击礓石者,公益惧。乃促毕事,第令五兵马司造册复命而止。徒尔扰下,无补于治也。一日,公语刘时雍云:"陆郎中向以曹参事止我,我尝笑其迂。今乃知古人诚有见,后人莫能出其范围也。"

南方寺观及人家庭院中,多种芭蕉,但可资观美而已,实无所用。或以其叶代荷叶,衬蒸面食,然妇人有症瘕及血气病者,感其气则益甚,是亦不可用也。闻猪瘟者,以其根饲之;鱼泛者,以其干锉投池中,则已。未之试也。

荞麦之荞,韵书无之,《本草》有之,盖宋人所增耳。《道藏》中有《药石尔雅》一卷,乃唐元和间梅彪所集诸药隐名,以粟、黍、荞、豆、麦为五芽,则此字之来亦久矣。

国初惩元之弊,用重典以新天下,故令行禁止,若风草然。然有面从于一时,而心违于身后者数事。如洪武钱、大明宝钞、《大诰》、《洪武韵》是已。洪武钱,民间全不行。予幼时尝见有之,今复不见一文,盖销毁为器矣。宝钞,今惟官府行之,然一贯仅值银三厘,钱二文。民间得之,置之无用。《大诰》,惟法司拟罪云有《大诰》减一等云尔。民间实未之见,况复有讲读者乎!《洪武韵》分并《唐韵》,最近人情,然今惟奏本内依其笔画而已。至于作诗,无间朝野,仍用《唐韵》。

江西一游士善异术,上官多礼貌之。按察某副使独不信,术士欲自见,请以术为戏,许之。乃剪纸为二刀,作法戏之,二刀即飞起,交舞于前,冉冉近副使,副使端坐不动。俄而扑其面,副使以袖拂之,术士乃收刀而去,但见副使双眉已削去矣。遣人捕治,不知所之。闻之姜恒颎进士使江西云然。

两浙田税亩三斗,钱氏国除,朝廷遣方赟均两浙杂税,赟悉令亩出一斗。使还,责擅减税额,赟以为亩税一斗者,天下之通法。两浙既为王民,岂宜复循伪国之法,上从其说。故亩税一斗者,自方赟始。福建犹循旧额,盖当时无人论列,遂为定式。赟寻除右司谏,终于京东转运。有子五:皋、準、罩、巩、罕。準之子为丞相,其他亦多显。岂惠民之泽欤?出《绍兴志》。

马尾裙始于朝鲜国,流入京师,京师人买服之,未有能织者。初服者,惟富商贵公子歌妓而已。以后武臣多服之,京师始有织卖者。于是无贵无贱,服者日盛。至成化末年,朝臣多服之者矣。大抵服者下体虚奢,取观美耳。阁老万公安冬夏不脱,宗伯周公洪谟重服二腰。年幼侯伯驸马,至有以弓弦贯其齐者。大臣不服者,惟黎吏侍淳一人而已。此服妖也,弘治初始有禁例。

天下有一定不易之理,虽中人所能知,而气数之变,事机之来,奇怪特出,虽上智大贤,有莫能预为之测者。陈同甫《酌古论》云:"晋虽弱,中国也。秦虽强,夷狄也。自古夷狄之人,岂有能尽吞中国者哉!"此以定理论也。孰知宋之季也,元氏入主中夏,混一华夷。然则宋非中国,而蒙古非夷狄耶?妇人不可加于男子,犹夷狄不可加于中国也。在宋之前,亦尝有妇人易姓改号,君临天下如武曌者矣。而何独以中国夷狄概天下后世,而为此确然不易之论哉!

宪宗朝未尝轻杀人,末年杀二人,于人心最痛快。游民王臣者,以幻术游贵戚之门,尝从太监王敬江南公干,所过需索财物,括掠玩器及诸珍怪之物,不胜骚扰。事发,弃市,传首枭于苏州等处。百户韦瑛者,尝为太监汪直羽翼,生事害人,人皆怨之。直败,调任口外,然其害人之心未已也。尝掩捕百姓十余人,械送京师告变。上命会官鞫之,则皆诬也。盖瑛媒蘖其状,欲藉此以立功耳。反坐弃市,枭首于其掩捕之地。

嘉兴之海盐,绍兴之余姚,宁波之慈溪,台州之黄岩,温州之永嘉,皆有习为倡优者,名曰"戏文子弟"。虽良家子,不耻为之。其扮演传奇,无一事无妇人,无一事不哭,令人闻之易生凄惨。此盖南宋亡国之音也。其赝为妇人者,名"妆旦",柔声缓步,作夹拜态,往往逼真。士大夫有志于正家者,宜峻拒而痛绝之。

俞汉远,上虞人,能诗画。尝膺保举寓京师,时吏部郭尚书知其能画,使人召之,不赴。召者曰:"冢宰,人欲求一见而不可得,子何独不往?"汉远曰:"吾以应荐而来,今往为之画,使他日得美除,人将谓以画得之。"卒不往。后卒旅邸,贫无所蓄,乡人哀金为敛之。近有钟钦礼者,亦上虞人,善画山水。以上司多好其画,辄以此傲人。无何,依托官府声势,诈取人财。事露,问发充军。间有持其画奉予者,予曰:"屋壁虽陋,不挂赚金贼画也。"古人看书画,一要师法古,二要人品高。人品不高,虽工亦减价矣。吾乡张节之先生,见人收蓄黄廉使翰草书,即令裂去,云:"好人家,却收此人笔迹。"其疾恶如此。

杭州府每岁春秋祭先圣,及社稷山川二坛,皆布政司官主之。如先圣,固天下之所尊,而二坛神位,明有府社府稷,本府境内山川及城隍主名,知府却不得主祭。布政司统十一府,却只作所治处一府祭主,此等礼制,颇有窒碍。不知当时儒臣议礼,何以虑不及此。

《大明一统志》,即景泰间修而未成者,天顺间始成之。初修时,学士钱原溥为副总裁,尝欲志户口,而李文达以户口户部自有数,虑伤繁而止。按《周礼》:"献民数于王,王拜受之。"是民数,朝廷之所重也。苟在所当志,何伤繁之虑邪?如以此为户部有数而不志,则内外文武诸司之设,吏兵二部有数,学校寺观,礼部有数,皆将不必志邪?文达既自用,而彭、吕诸公,又皆务为简重,不相可否。故此书之成,不但户口之登耗,无征而已。

浙江各府县,布政按察分司在府城者,大率规制如一。在各县者,按察分司多宏敞整丽,布政分司多狭隘朴陋。初疑按察能纠察,官吏贪污者,惧致罪而然。后至各府县。遍览志书,见按察分司,皆建自洪武间。布政分司,至正统七年以后始有之,乃得究知其所以然。盖国初纠察诸司,谳审庶狱,在内从各道监察御史,在外从按察司官处分。其时御史建员未广,有事则奉命而出,事竣即还。巡按亦未有专官。故按察之官,职专而权重。今分巡官各有印章,此可见矣。其后分遣御史巡按外藩,按察之体势,由是始轻。且御史所至,更无察院,每止宿按察分司而已。分司既创于经画官府之初,则广狭丰俭,得以如意为之,故其规制多宽广。又以御史所寓,礼宜致隆,故有司以时修饰,而华美中度。布政司职理民事,非奉部符不出。至宣德、正统以来,添官稍多,始议置分司。且其地率多即官府弃地为之,故规制不能如意。又分守官按临,不过信宿而去,故有司忽之,而修葺怠焉。此盖理势使然,非有意而优劣之。故虚心观理,则理无不烛;疑心待人,则人鲜无过。有官君子,不可不知也。

今府州县《戒石铭》云:"尔俸尔禄,民膏民脂。下民易虐,上天难欺。"本蜀主孟昶所作。全文二十四句,本名《令箴》。宋太宗爱之,摘此四句以刻石,更今名耳。近见绍兴察院石刻,高宗题其下云"近见黄庭坚所书太宗皇帝御制《戒石铭》,恭味旨意,是使民于今不厌宋德也"云云。后有端明殿学士、左朝议大夫、签书枢密院事、权参知政事权邦彦,特进尚书左仆射、同中书门下平章事、兼知枢密院事、都督江、淮、荆、浙诸军事吕颐浩等跋语。以为五代之余,遗民赤子,新去汤火,太宗皇帝哀矜抚绥,寄在守令,乃发大训,垂诸庭石云云。高宗暨其臣皆直以为太宗所自作,误矣。昶全文二十四句,详见《蜀志》并《吏学指南》。

幼尝入神祠,见所塑部从,有袒裸者,臂股皆以墨画花鸟云龙之状。初不喻其故,近于温、台等处,见国初有为雕青事发充军者,因询问雕青之所以名。一耆老云:"此名刺花绣,即古所谓文身也。元时,豪侠子弟,皆务为此,两臂股皆刺龙凤花草,以繁细者为胜。洪武中,禁例严重,自此无敢犯者。"因悟少年所见,即文身像也。闻古之文身,始于岛夷。盖其人常入水为生,文其身以辟水怪耳。声教所暨之民,以此相尚,而伤残体肤,自比岛夷,何哉!禁之诚是也。由是观之,凡不美之俗,使在上者法令严明,无有不可易者。彼以为民俗在所当顺,或以为政事者当先所急,而不为之所者,皆姑息之政也。

尝闻胡地草皆白色,惟王昭君葬处草青,故名青冢。朱温弑唐昭宗于椒兰殿前,血渍地处,今生赤草。岳武穆坟树枝皆南向。前二事皆不可见,岳坟尝往拜谒,南枝之树,乃亲见焉。

唐选法:试而铨,铨而注,注而唱,集众告之,然后类为甲,上于仆射,乃上门下省。给事中读之,侍郎省之,侍中审之,不当者驳下,既审,乃上闻。主者受旨奉行,各给以符,谓之告身。乃知告身非诰敕,即今文凭类也。尝于南京吏部见国初新选官,皆给黄纸印本符一通,疑即告身之遗意。文凭乃后来所更定,主意在关防奸伪耳,故到任即缴上之。

《曹娥碑》,后汉上虞令度尚字持中立,弟子邯郸淳字子礼撰。蔡邕题其阴云:"黄绢幼妇,外孙齑臼。"古碑已不存,宋元祐八年正月,左朝请郎充龙图阁待制,知越州军州事蔡卞重书。碑在今庙中。又有后人临邕八字。其石方三尺许，已破裂不全。世传曹操与杨修读碑阴八字，未达，修欲言而操止之。行三十里，操始悟，由是忌修，斩之。或谓操未尝至越，安得此事？窃意操所谓读，非必庙中之碑，殆拓本流传他处者耳。其言修以是被斩，则非也。盖修素与曹植相善，植尝乘车行驰道中，开司马门出，魏武甚怒之。既虑终始之变，以修素有才策，而又袁氏之甥也，于是以罪诛之。注谓以交构赐死是也。语在《陈思王传》。观此，则修之死，非谓读碑明矣。

莫月鼎像，吴门省鉴沈文明写。其自赞云："雷霆散吏，闲应世缘。若造此道，先天后天。丙戌上元，月鼎自赞。"此像今在予家。曾伯祖讳可山，当元季之乱，弃家为道士，尝从月鼎学"五雷符水法"，遍游江湖后，归老，殁太仓长生道院。此像之所自来也。月鼎本湖州人，殁于苏州，《苏湖志》皆载其事。宋学士景濂尝为立传。予近装潢成轴，备书二郡志所载及宋《传》于上，以为家藏云。

古人书籍，多无印本，皆自钞录。闻《五经》印版，自冯道始，今学者蒙其泽多矣。国初书版，惟国子监有之，外郡县疑未有。观宋潜溪《送东阳马生序》可知矣。宣德、正统间，书籍印版尚未广。今所在书版，日增月益，天下古文之众，愈隆于前已。但今士习浮靡，能刻正大古书以惠后学者少，所刻皆无益，令人可厌。上官多以馈送往来，动辄印至百部，有司所费亦繁，偏州下邑寒素之士，有志占毕，而不得一见者多矣。尝爱元人刻书，必经中书省看过下有司，乃许刻印。此法可救今日之弊，而莫有议及者，无乃以其近于不厚与？

毗陵翟、颜二生素交厚，每相会，辄谈及国事。一日，颜书其所志以示翟，言颇不谨。既而自悔，急遣人追索，翟已执之为奇货矣。后颜登第，为京职，翟每从假贷，即应之弗吝。人以颜为仗义，而不知为其制也。一书记辛稼轩帅淮时，陈同甫往谒之，与谈天下事。稼轩酒酣，言钱塘非帝王之居，断牛头之山，天下无援；兵决西湖之水，满城皆鱼鳖。同甫夜料稼轩酒醒必悔，恐杀己以灭口，乃逃去。月余，致书稼轩，假十万缗以济贫，稼轩如数与之。古今人事，固有偶同者，然同甫平生自许甚重，其亦为此耶？

卷十一

　　国初，各布政司府州县祭社稷、风云、雷雨、山川等坛，以守御武官为初献，文官为亚终献。洪武十四年，定以文职长官行三献礼，武官不令与祭。礼官之议，大抵谓有司春祈秋报，为民祈福。文官职在事神治民，武官职掌兵戎，务专捍御。古之刑官，不使与祭，而况兵又为刑之大者。武官不令与祭，所以严事神之道，而达幽明之交也。然当时但言社稷等神，而不及先圣，此固主春祈秋报之说，岂不以报本于先圣者不当以是拘抑，岂不以古者出师受成释奠，皆必于学，故略之耶？宣德乙卯，各处军卫俱得设学春秋二祭，皆武官主之，学官分献而已。使当时议礼者，兼先圣庙祭而言，则今日武官主祭，与礼制悖矣。此等事本出偶然，然亦若预为之地者，诚可异也。

　　琅邪，郡名，韵书云："今沂州，一曰滁州。"当以沂州为是。齐景欲遵海而南，放于琅邪是也。滁州乃山名耳。韵书误矣。

　　家有《化书》一册，云宋齐丘撰。宋学士景濂《诸子辩》云："《齐丘子》六卷，一名《化书》，世传为伪唐宋齐丘子嵩作，非也。作者终南山隐者谭峭景升，齐丘窃之者也。后见一书有云：景升因游三茅，道过金陵，见宋齐丘，出《化书》授之，曰："是书之化，化化无穷，愿子序而传之后世。"齐丘以酒饮景升，虐之盛醉，以革囊裹景升，缝之，投深渊中，夺此以为己书，作《序》传世。后有隐者渔渊，获革囊，剖而视之，一人齁睡囊中，渔者大呼，乃觉。问其姓名，曰："我谭景升也。宋齐丘夺我《化书》，沉我于渊。今《化书》曾无行乎？"渔者答曰："《化书》行之久矣。"景升曰："《化书》若行，不复人世矣。吾睡此囊中，得大休歇。烦君将若囊再缝而复投斯渊，是亦愿望。"渔者如其言，再沉之。齐丘后为南唐相，不得其死，宜哉。此记齐丘夺书颇详，而似涉怪诞。《化书》，《道藏》中亦有之，云真人谭景升撰。沉渊事若信有之，景升其所谓真人耶！

　　尝闻一医者云："酒不宜冷饮。"颇忽之，谓其未知丹溪之论而云然耳。数年后，秋间病利，致此医治之。云："公莫非多饮凉酒乎？"予实告以遵信丹溪之言，暑中常冷饮醇酒。医云："丹溪知热酒之为害，而不知冷酒之害尤甚也。"予因其言而思之，热酒固能伤肺，然行气和血之功居多。冷酒于肺无伤，而胃性恶寒，多饮之，必致郁滞其气。而为停饮，盖不冷不热，适其中和，斯无患害。古人有温酒、暖酒之名，有以也。

宋祥兴二年己卯，元主忽必列灭宋，大兴佛教，任番僧拊迁等灭道教。十月二十日，尽焚《道藏》经书。是日，火焚祆庙悯忠等寺一十三处，其徒被火焚死者八十三人，雷震死想埋等一十九人，及张伯淳、王磐等五人。北方奉佛教者，以非时雷震为惧，每年至是日，拜天谢过。出《岁时类纪》。此事若信有之，神异甚矣，但恐是道家者流附会之说。

今人以正、五、九月，新官不宜上任。俗吏信之，而见道明者固不忌也。或云：宋尚道教，正、五、九月禁屠宰。新官上任，祭告应祀神坛，必用宰杀，故忌之。今人多不知其原，遂有吉凶禁忌之疑。此说有理。然其事非始于宋，始于唐高祖武德二年正月甲子，诏天下每年正、五、九月，并不行刑，所在公私宜断屠杀。意者宋因之而益严耳。详见《挥麈新录》。

古称肩舆、腰舆、板舆、笋舆、兜子，即今轿也。洪武、永乐间，大臣无乘轿者，观两京诸司仪门外，各有上马台可知矣。或云：乘轿始于宣德间，成化间始有禁例。文职三品以上得乘轿，四品以下乘马。宋儒谓乘轿以人代畜，于理不宜，固是正论。然南中亦有无驴马雇觅处，纵有之，山岭陡峻局促处，非马驴所能行。两人肩一轿，便捷之甚，此又当从民便，不可以执一论也。

《诸司职掌》是唐、宋以来旧书，本朝因而损益之。洪武二十三年，改户刑二部所属皆为浙江等十二部。后又改六部，子部为清吏司。然今衙门名目，制度改革，官员品秩，事体更易，又多与国初不同，亦多该载未尽者。衙门名目不同，如吏部所属文选等四清吏司，旧云选部、司封等部，鸿胪寺旧云仪礼司之类是也。制度改革不同，如北平都布按三司，今改为顺天府，并直隶府卫，承天门待诏、观察使、中都国子监、回回钦天监、五军断事司、蒙古卫,今皆裁革。旧有左右春坊,而无詹事府之类是也。官员品秩不同,如六科都给事中正八品,左右给事中从八品,给事中、行人司正俱九品,各衙门司务、行人司行人,皆未入流之类是也。事体更易不同,如兵部之整点军士,飞报声息,旧属司马部,今属职方清吏司之类是也。该载未尽者,如兵部之将官、将军、勇士之类是也。必得删订增广成书,使一代之制灿然明白,垂之万世而足征可也。

鄷有二音,一则旰切,一才何切,皆地名。才何者县属沛国,萧何初封邑。则旰者县属南阳,萧何子孙所封也。杨震三鳣事,音当作鳝,若作本字,则其鱼长一二丈,鹳雀岂能兼致乎?近见一诗有"只恐留侯笑鄷侯"之句,一诗以三鳣押入天字韵,皆失之矣。

尝闻父老云:"太宗初无入承大统之意。袁珙之相,有以启之。"近见姚少师广孝撰珙墓志,有云洪武间,上在潜邸。闻先生名,遣使以币礼聘焉。既拜受,即沐浴戒行李而起。及见,上大悦。于是肃恭而前,面对圣容,俯仰左右,一目而尽得矣。先生再拜稽首,而言曰:"圣上太平天子也。龙形而凤姿,天广地阔,日丽中天,重瞳龙髯,二肘若肉印之状,龙行虎步,声如钟,实乃苍生真主,太平天子也。年交四十,髯须长过于脐,即登宝位时。"上虽听其说而未全信。居无何,先生辞还故里。洪武三十五年壬午六月十七日,上诞膺天箓,嗣登大宝,因感先生昔言之验,于是敕遣内侍,驿召至京,拜太常寺丞,授承直郎。待以特礼,赐冠服鞍马,文绮钞锭,及居第在京,以便其老。珙别有《纪》云:"洪武二十三年九月,敬蒙燕府差人取至北平。"观此,则知太宗之有大志久矣。珙之相,特决之耳。珙字廷玉,号柳庄,鄞人相术之妙,详见九灵山人戴良所著《传》。

河南、湖广之俗,树衰将死,以沸汤灌之,令浃洽,即复茂盛,名曰炙树。竹已成林者,时车水灌之,故其竹不衰。

宋朝崇信道教,当时宫观寺院,少有不赐名额,神鬼少有不封爵号者。如上虞曹娥立庙,表曰"始自汉世",亦足以示劝矣。宋大观四年八月封为灵孝夫人,政和五年十一月封为灵孝昭顺夫人,淳祐六年六月封为灵孝昭顺纯懿夫人。又封娥父为和应侯,母为庆善夫人,各有封敕尚存。予尝谓当时中书省官一半岁月与神鬼干事，其代言之臣，尤为孟浪。如汉碑言娥父盱能按节歌舞，婆娑乐神。婆娑，盖舞貌，其封和应侯，敕乃云："尔迎婆娑之神，至于溺死。"不亦可笑乎？本朝著令，有司春秋致祭神主曰"汉孝女曹娥之神"。革去前代封爵，名正言顺，真可谓万世法矣。然娥之孝，岂待爵号显哉！今其江、其镇、其馆驿、盐场、坝堰、急递铺之类，皆以曹娥为名。盖将历万世而不泯矣。

旧制：军职疾故，子弟年十五得承袭官职者，比试武艺而官之。试不中者，不得辄入选。老而无子者，月给全俸。早亡而妻守寡者，月给俸二石。子患残疾不能承袭者，月支俸三石。十年内有子，仍袭祖职。十年后有子，不准袭，令为民。无子而有孤女者，月给俸五石，年至十五住支，名曰优养。故官子弟年幼未袭者，亦给全俸，名曰优给。在任犯罪监故，子弟应优给者，月给半俸。出幼即承袭者，免调别卫。年二十以上，俱调卫，仍支全俸。至永乐间，凡以奉天征讨得功者，子弟俱容至十六岁承袭，且免比试武艺。子患残疾者，给全俸终身。十年后有子，俱准承袭。父犯罪监故，子承袭者，不拘年之长幼。一例免调卫。孤女优养者，不拘出幼，至适人，始住给。凡事优厚于旧，名曰新官，而以开国功臣名曰旧官。予官武选时，尝窃以为高皇帝起布衣，得天下于群雄之手，文皇起藩邸，得天下于一家之亲。其难易固当有辨，而待功臣之典厚薄如此。揆之治体，似未稳当。尝欲建白其事而一之，使法制适均，事迹不显。未几，外升而止。

宁波奉化县有鲒埼巡检司。初不解其名义，考之志书，引颜师古云："鲒音结，蚌也。长一寸，广二分，有小蟹在其腹中。埼，巨依反，曲岸也。其中多鲒，故以名。"今埼作鲻，韵书并无，因印文之误耳。

梁山伯、祝英台事，自幼闻之，以其无稽，不之道也。近览《宁波志》，梁、祝皆东晋人，梁家会稽，祝家上虞，尝同学。祝先归，梁后过上虞，寻访之，始知为女。归乃告父母。欲娶之。而祝已许马氏子矣，梁怅然若有所失。后三年，梁为鄞令，病死，遗言葬清道山下。又明年，祝适马氏，过其处，风涛大作，舟不能进。祝乃造梁冢，失声哀恸，忽地裂，祝投而死焉。马氏闻其事于朝，丞相谢安请封为义妇。

和帝时，梁复显灵异，效劳于国，封为义忠。有司立庙于鄞。云吴中有花蝴蝶，橘蠹所化也。妇孺以梁山伯、祝英台呼之。

世传元昔吉太后寓怀庆时，恶闻蛙声，传旨谕之，蛙不复鸣。及僧法衍禁蛙池事，盖皆后人附会之说耳。吾昆城半山桥人家，夏月不设蚊帐，而终夜无蚊。余杭抵富阳各县，皆深山茂林中，暑月不闻蝉鸣。渡江至萧山界，则蝉声满耳。触类而长之，乃知蛙事之妄也。

骆宾王《灵隐寺》诗有"待入天台路，看予度石桥"之句。释之者云："赤城山上有石桥悬渡，石屏风横截其上。"赤城山，即天台山之一也。又引顾恺之云："天台石桥，广不盈尺，长数十步，至滑，下临绝冥之涧。"尝问之天台人，亦极夸其幽迥奇绝，似非人世所有者。壬子七月十八日，与潘金宪应昌乘兴往观，跋涉岭涧，行三十余里，至其处，路极险僻。盖天台诸山之水，自西北流者，中分二派，一下自南。一下自东，皆会于此。当二水之冲，有石隐隐横亘其下者三。横石之外，石势直下，壁立数丈，飞瀑下泻，其声如雷，而石桥正当其前。桥之两端，抵涧两崖，约长数十步。其上中隆而旁杀，若骥背然。其下齐平如截，桥之下，石势壁立而下者又数丈。飞瀑出其下，喷激震怒，势益湍急。自此而下，其深莫测矣。始信其幽怪奇绝，诚非人间所有。又以知石桥本在山下深涧中，彼以为悬渡赤城山上石屏风横截其上者，皆妄也。应昌生长天台，亦未之到，则台人所云，其中方广寺为罗汉出没之处，皆谬妄不足信矣。

雁荡山之胜，著闻古今。然其地险远，至者绝少。弘治庚戌十月，按部乐清，尝一至焉。荡在山之绝顶，中多葭苇，每深秋，鸿雁来集，故名。山僧亦不能到其处，闻之樵者云然耳。山下有东西二谷，东谷有剪刀峰、瀑布泉，颇奇，大龙湫在其上。西谷有常云峰，在马鞍岭之东，展旗、石屏、天柱、玉女、卓笔诸峰，皆奇峭耸直，高插天半，而不沾寸土。其北最高且大，横亘数十里，石理如涌浪，名平霞嶂。灵岩寺在诸峰嵲岏中。于此独立四顾，心目惊悸，清气砭骨，似非人世，令人眷恋徘徊，不忍舍去。回视西湖飞来等峰，便觉尘俗无余韵矣。平霞嶂西一洞，中有石，下垂泉，涓涓出二窍中，名象鼻泉。古今题咏颇多，别有《游雁荡山记》。

宋建炎初，孔子四十八代孙袭衍圣公端友扈驾南渡。端友殁，子玠袭封，始寓衢州。绍兴六年，诏权以衢州学为家庙，赐田五顷。孙搢文、远万、春洙，六十年间俱袭封，淳祐乙卯，郡守孙子秀请于朝，以城北闲地建孔氏家庙，规制视祖庭。丙子毁于盗，洙遂即其家以祀。元至元十九年，有诏孔氏子孙寓衢者赴阙，洙及弟演子楷入觐，奉问劳奖谕，授国子祭酒浙东提学，以宋政和年所降袭封铜印纳于朝。其封爵逊于曲阜，弟袭焉。

浙江王都指挥泽，尝宿嘉兴天宁寺，既去，有僧入其卧处，见一蛇蟠榻上，乃阖门而去。俄而，二健卒趋至，取其所遗金带去，盖即僧所见蛇也。

浙江银课，洪武间岁办二千八百七十余两，永乐间，增至七万七千五百五十余两，宣德间增至八万七千五百八十余两。后镇守太监李德、兵部尚书孙原真奏坑户实办银二万五千七百九十余两，陪纳六万一千七百八十余两。正统间减数，止办三万八千九百三十余两。景泰七年，实得一万六千零六十五两。天顺六年，三万零四十八两。成化三年，奉敕办银二万一千二百五十两。成化五年，减数一万零二百三十七两有奇，因太监卢永之奏也。未几，又有敕照天顺六年三万零四十八两。成化十九年，又因太监张庆之奏，照成化三年二万一千二百五十两。以后额办处州府所属各县二万一千二百五十两，温州府泰顺县九百九十一两八钱，共二万二千二百四十一两，比之成化三年额数多九百九十一两。弘治二年，减免一万一千四百两，止办解一万零八百四十一两。又禁取额外耗银三千余两，从巡按御史畅亨之奏，而刑部侍郎彭公韶核实其事。今人全归功于彭，非也。畅后以事调外任，而其功不可泯，故记之。

孔子先簿正祭器，不以四方之物供簿正。释者谓先以簿书正其祭器，使有定数，而不以四方难继之物实之。今之祭礼，通行天下，器有定数，物有定品，使易遵行，正合此意。然天下风气不同，土产异宜，自有不能律者。如鹿兔北方最易得，南方泽国，则得之已难。今苏、松、嘉兴二祭，鹿兔皆买之邻郡，价亦颇费。广东全不产兔，每以胡孙代之。圣人知周万物，而犹如此，然则尧、舜犹病，亦势然也。

广西有蚺蛇,其肉无毒,土人食之。其脂与涎沫著男阴,即消缩不举。尝闻有军士若干,涉一水,皆病阴痿。盖此水乃蚺蛇出没处,有涎沫其中故也。《辍耕录》记佻佻少年奸淫,药被人左使,致终身不举者,疑即其脂也。又见孙思邈《千金方》鹿脂亦然。

张御史云:成化间,盗发韩魏公冢,得金银器颇多,黄金带至三十六腰,其富可知,予意此带必是君赐,若其自置,则失之不俭。受之人,则失之不廉。以此殉葬,非徒无益,而反害之。魏公在当时,伟然人望也。必其子孙愚昧,致有此耳。按叶文庄尝问永宁仓官,言魏公坟去彰德城不及二十里,碑石羊虎,悉因营建赵王府凿炼尽矣。数年前,亦经盗发。此当是公为山西参政,在宣府修理八城时所记。则魏公冢被发久矣。此盖别一韩姓者。

客商同财共聚者,名火计。古《木兰辞》云:"出门看火伴,火伴皆惊忙。"唐兵制以十人为火,五十人为队,火字之来久矣。今街市巡警铺夫,率以十人为甲,谓之火夫。盖火伴之火,非水火之火也。俗以火计为夥计者,妄矣。

高皇尝问刘三吾所居山川形势,三吾具言其家所面峰峦甚奇,乃图以上。上笑云:"何用如许?"以笔视山峰尖起处,悉涂抹之。未几,其山一夕被雷,尖起处悉击去。意者,圣天子动与天合而然耶?闻之刘时雍云。

成化间,山东鱼台县民穿窖,得古冢,中一瓮,取以贮水,贮之辄涸。民以其不利,置之大树上,时鸣鸣作声,民怪而破之。后有识者云:"此宝器也。"一镜,照野外数里村落,人畜皆见。县官闻而取之,浙江督漕张都指挥洪尝买其石椁二板,亲闻其事。

投壶,射礼之变也。虽主乐宾,而观德之意在焉。后世若司马公图格,虽非古制,犹有古人遗意。近时投壶者,则淫巧百出,略无古意。如常格之外,有投小字、川字、画卦、过桥、隔山、斜插花、一把莲之类,是以壶矢为戏具耳。予初时于燕集,见人写字画卦,亦尝为之,后即惭悔。虽违众不恤,盖非欲自重,亦以礼制心之一也。近见镇江一倅有铁投壶,状类烛檠,身为竹节梃,下分三足,上分两岐,横置一铁条,贯以三圈,为壶口耳。皆有机发矢,触之则旋转不定。转定复平，投矢其中。昔孔子叹觚不觚，其所感者大矣。今壶而不壶，能无感乎！盖世之炫奇弄巧，废坏古制，至此极矣，岂但投壶之非礼而已哉！

罗状元应魁复官后，以病请告还乡，从游者颇众，遂立为乡约：凡为不善者，众不之齿；大恶者弃之。于是有强梁者一二人，皆被执而投之水。乡人不平，讼于官，而应魁适已卒，其徒十余人，皆坐谋杀人，为罗伦从者。律使应魁不死，将置之重辟无辞矣。今幸而不受显戮，然杀人之名，沾污案牍，传道人口，宁不为文法吏之所诋笑哉！借曰起自草茅，未尝读律，然臣而作福作威，及非士师而杀人者，经传具有明训，而妄作如是，何耶？予初闻此，不信。近审之刘方伯时雍，乃知诚然，未尝不深为之惜也。

花蕊夫人有二，以宫词著者，本蜀主孟昶妾费氏，宋太祖取蜀，收入掖庭。其有墓在闽之崇安者，本南唐宫人，随后主归宋，选入后宫。太祖以其能诗，谓之小花蕊云。

司礼太监怀恩，成化初，以祖充云南某卫军，乞取其族子一人为后。寻官之太仓。有武职以将才举者，久不迁，夤缘其族子求见，恩笞其族子而拒之。都御史王公越尝至其内宅，恩命小火者二三人，以头拄其腰而出之。越之不得入兵部，王公恕之得召为吏部，皆其力也。成化末，邵妃方被宠，上将有废易意。召恩与谋之，恩叩头曰："此朝廷大事，不敢苟且。明早退朝时，当与内阁大臣议之。"上以为然。明日，将临御，呼恩，左右以疾对。使问之，云"本无疾，昨闻圣旨，惊成疾耳"。由是事不谐而止。未几，发遣司香皇陵。今上即位，复召入，多所匡正，卒于官。

内阁文臣之设，始于永乐年间，此予所旧闻。故弘治初，论事尝及之。近闻李子易内翰云尝见《太祖实录》，洪武中黄子澄、齐泰皆太常少卿，方孝孺翰林侍讲，同在内阁。意者，其时备顾问而已。未必若后来诸公宠任之隆，得专政柄也。

温州乐清县近海有村落，曰三山黄渡。其民兄弟共娶一妻。无兄弟者，女家多不乐与，以其孤立，恐不能养也。既娶后，兄弟各以手巾为记，曰暮，兄先悬巾，则弟不敢入。或弟先悬之，则兄不入。故又名其地为手巾呑。成化间,台州府开设太平县,割其地属焉。予初闻此风,未信。后按行太平访之,果然。盖岛夷之俗,自前代以来,因袭久矣。弘治四年,予始陈言于朝,请禁之。有弗悛者,徙诸化外。法司议拟先令所司,出榜禁约,后有犯者,论如奸兄弟之妻者律。上可之,有例见行。

卷十二

新昌嵊县有冷田不宜早禾，夏至前后始插秧。秧已成科，更不用水。任烈日暴土折裂，不恤也。至七月尽八月初得雨，则土苏烂而禾茂长。此时无雨，然后汲水灌之。若日暴未久而得水太早，则稻科冷瘦多不丛生。予初不知其故，偶见近水可汲之田如是，怪而问之。农者云云，始知观风问俗，不可后也。山阴会稽有田，灌盐卤，或壅盐草灰，不然不茂。宁波、台州近海处，田禾犯咸潮则死，故作硬堰以拒之。严州壅田多用石灰，台州则煅螺蚌蛎蛤之灰，不用人畜粪。云人畜粪壅田，禾草皆茂，蛎灰则草死而禾茂，故用之。

严州山中灌田之法，有水轮。其制，约水面至岸高若干尺，如其度为轮，轮之辐以细木干为之。每辐出枘处，系一竹筒，但微系其腰，使两头活动，可以俯仰。置轴半岸，贯轮其上，岸上近轮处，置木槽以承水。溪水散缓，则以石约归轮下使急，水急则轮转如飞。每筒得水，则底重口仰，及转至上，则筒口向下，水泻木槽，分流田中。不劳人力而水利自足，盖利器也。夫桔槔随处有之，或运以手，或运以足，或运以牛，机器之巧，无逾此矣。山中深溪高岸，桔槔之巧，莫能施矣，于是乎有水轮之制焉。盖制器利用，苟有益于斯世，则君子取焉。汉阴抱瓮之说，特愤世疾邪之所为，未足以谕广大也。

冯妇善搏虎，卒为善句，士则之句。野有众搏虎，虎负嵎，冯妇攘臂下车，众皆悦之，其为士者笑。近见嘉兴刻本，点法如此，颇觉理胜。盖悦之者，搏虎于野之众；笑之者，则之之士也。前后相应。

广西有庹姓，音托。今吴中人伸两臂量物曰托。庹既与度似，而又从尺，疑即此欤？陕西有夯字，音罕，持物也。奋音胎字，上声，南人骂北人为奋子。广东有孻字音奈，平声，老年所生幼子。嬲音少，杭人谓男之有女态者。嫱音其缅反，谓子之幼稚者。吽读如撼，恨其人而欲害之之辞。越中有此等字，往往于讼牒中见之。

世传水母以虾为眼，无虾则不能行。云虾聚食其涎，因载之以行。近闻温州人云，水母大者圆径五六尺，肥厚而重，一人止可担二个。头在上面，正中两眼如牛乳。剖之，中各有小红鰕一只，故云以鰕为眼。前说非也。又水母俗名海蛰，直列反，但不知为某字。《松江志》作海蛰，或作海蜇，《翰墨大全》作海蛇。按蛰，虫冬伏也。蜇，虫伤人也。皆非物名，亦非直列音。蛇音除驾，《本草》作蜡，音同。音虽非直列，实水母之异名。温州人又呼水母为鲊鱼。鲊字无义，岂即蛇音之讹耶？

晋以前碑，皆不著撰人姓名。唐人并著书人姓名，然其书多是名公亲笔。宋以来书者、篆额者皆具名。本朝碑记，惟敕建并士大夫家所制者，皆名公亲笔，其余多是盗书显官之名，以炫俗耳。且撰者必曰撰文，书者必曰书丹，盖分行以书凑篆额字耳。职衔字多少不一，又必上下取齐，中多空字，古意绝亡矣。予近令人书碑记，独不然。

大江中金、焦二山，金以裴头陀开山得金而名，焦以焦隐士所居而名。近游焦山，读徐武功《壮观亭记》，云："古称金鳌、浮玉二山，为江、汉朝宗于海之门户，即今京口金、焦是已。盖省文易名，因以淆讹，故郡志无考。然焦有古刻浮玉之名，尚存岩石，而江表之人，犹称焦门，为可证焉。是以金山为金鳌，焦山为浮玉矣。疑而考之郡志及他记载，则金鳌乃金山中亭名。浮玉本金山别名也。焦山所刻二字，笔势肥弱，盖宋、元人所书。"武功所云，不知何据。

清风岭在嵊县界，宋末台州王节妇被虏至此，投水死。岭本名青峰，后人高其节，改今名。事具李孝光所作《传》及士大夫纪述。杨廉夫独立异，为诗云："界马駥駥百里程，青峰后夜血书成。只因刘阮桃花水，不及巴陵汉水清。"叶文庄记夏宪使言：昔有人以王节妇之死为无是事，作诗非之，其人后绝嗣。诗云："啮指题诗似可哀，斑斑驳驳上青苔。当初若有诗中意，肯逐将军马上来。"正与廉夫意同。绝嗣未必系此，然贞女节士，正偷生忍耻之人之所恶闻，必欲阴伺疵衅而坏之者也。厚德之士，其忍为此辈助虐耶！

今旌表孝子节妇及进士举人，有司树坊牌于其门，以示激劝，即古者旌别里居遗意也。闻国初惟有孝行节烈坊牌，宣德、正统间始有为进士举人立者，亦惟初登第有之，仕至显官则无矣。天顺以来，各处始有冢宰、司徒、都宪等名，然皆出自有司之意。近年大臣之家，以此为胜。门有三座者、四座者，亦多干求上司，建立而题署，且复不雅，如寿光之"柱国相府"，嘉兴之"皇明世臣"，亦甚夸矣。近得《中吴纪闻》阅之，见宋蒋侍郎希鲁不肯立坊名，深叹古人所养，有非今人所能及者。吾昆山郑介庵晚年撤去进士坊牌，云无遗后人笑也。

今人以猜拳为藏阄，阄音鸠，古无此字。殷仲堪与桓玄共藏钩，顾恺之取钩，桓遂胜。或云汉钩弋夫人手拳曲，时人效之，因为此戏。然不知阄字何从始也。

中酒之中，本平声。唐人云："醉月频中圣"、"近来中酒起常迟"、"阻风中酒过年年"。东坡诗云："臣今时复一中之。"今人作去声，如中风、中暑之中，非也。

温州乐清县学，旧有三贤祠。三贤者，宋贾司理如规、钱孝廉尧卿、王龙图十朋也。如规字元范，补太学生，初调广昌尉，再调兴国军司理，不赴。靖康之难，身先诸生，不肯逃避，族里赖之，时称尚义者必曰贾司理。尧卿字熙载，吴越王七世孙，孝友夙著。绍兴间，举孝廉，未仕，卒。十朋字龟龄，绍兴间廷试第一，学业纯正，后以龙图学士致仕。其祠旧在大成殿戟门之右，后人因其废，易为神厨。弘治三年，予按部至，谒庙，访求其处，欲复之，无隙地。戟门之左有梓潼神祠，云是洪武间黄教谕所建。命撤其像，复作三贤神主，而增入本朝章恭毅公纶，改曰乡贤祠。不限其数，以俟来者。

普怛落伽山，或作补陀落伽，在宁波府定海县海中，约远二百余里。世传观音大士尝居此，愚夫往往有发愿渡海拜其像者，偶见一鸟一兽，遂以为大士化身之应。《余姚志》中载贾似道尝至此山，见一老僧，相其必至大位而去。再求之，不复可得，亦以为大士应验。予谓自古奸邪，取非其有，未有不托鬼神协助，以涂人之耳目者。似道自知幸致高位，恐人议己，故诈为此说，以聋瞽愚俗耳。不然，福善祸淫，神之常道，设使不择是非，求即应之，岂正神哉！普怛落伽，华言白花，此山多生山矾，故名。今人于象设大士处，扁曰补陀胜境，特碟岛夷一白字耳，义安取哉？山矾本名郑花，其叶可染，功用如矾，王荆公始以山矾名之。

憃，丁来切。注云：失志貌，苏州人谓无智术者为呆。杭州以为憃。同年吴俊时用美姿容而不拘小节，杭人呼为"吴阿憃"。尝自云："我死，大书一名于墓前，云'大明吴阿憃之墓'。若书官位，便俗矣。"惜乎，韵书无此字，人亦多不识。盖初登第时闻此言，今已二十七年，而时用下世亦数年矣。虽出一时戏言，亦可见其旷达。昨检《韵海》，偶得此字而记之。

两浙盐运司所辖共三十五场，清浦等一十三场在苏、松。嘉兴地居浙之西，而天赐一场，隔涉崇明县海面，西兴等二十场在绍兴。温、台地居浙之东，而玉泉一场，隔涉象山县海面。其杭州府仁和、许村二场，虽居浙西，场分则归浙东。凡浙东盐共一十万七千五百余引，除水乡纳银外，该盐一十万六千一百九十余引，浙西盐共一十一万四千八百余引，除水乡纳银外，该盐七万二千六百余引。各以一半折价解京，一半存留给客。浙西多平野广泽，宜于舟楫，盐易发散，故其利厚，解京银每一大引折银六钱。浙东多阻山隔岭，舟楫少通，不便商旅，故其利薄，解京银每一大引折银三钱五分。俱便灶户。凡盐利之成，须藉卤水，然卤之淋取，又各不同。有沙土漏过，不能成咸者，必须烧草为灰，布在摊场，然后以海水渍之，俟晒结浮白，扫而复淋。有泥土细润常涵咸气者，止用刮取浮泥，搬在摊场，仍以海水浇之，俟晒过干坚，聚而复淋。夏用二日，冬则倍之。始咸可用，于是将晒过咸泥，约五六十担，挑积高阜，修为方丈池，槽旁下掘成井口。用管阴通，再以海水倾渍池中咸泥，使卤水流入井口。然后以重三分莲子试之，先将小竹筒装卤入莲子，于中若浮而横倒者，则卤极咸，乃可煎烧。若立浮于面者，稍淡；若沉而不起者，全淡，俱弃不用。此盖海有新泥，又遇雨水之故也。

凡煎烧之器，必有锅盘。锅盘之中，又各不同。大盘八九尺，小者四五尺，俱用铁铸。大止六片，小则全块。锅有铁铸宽浅者谓之锹盘，竹编成者谓之篾盘。铁盘用石灰粘其缝隙，支以砖块。篾盘用石灰涂其里外，悬以绳索。然后装盛卤水，用火煎熬，一昼一夜可煎三干。大盘一干，可得盐二百斤之上，小锅一干，可得盐二三十斤之上。若能勤煎，可得四干。大盘难坏而用柴多，便于人众，浙西场分多有之。小盘易坏而用柴少，便于自己，浙东场分多有之。盖土俗各有所宜也。

高宪副宗选论今人于人物是非不公，臧否失当者，譬之观戏，有观至关目处，或点头，或按节，或感泣，此皆知音者。彼庸夫孺子，环列左右不解也。一遇优人插科打诨，作无耻状，君子方为之羞，而彼则莫不欢笑自得。盖此态固易动人，而彼所好者，正在此耳。今之是非不公，臧否失当，何以异此？此言可谓长于譬喻者矣。

尝闻吴文恪公讷为御史巡按浙江时，坏秦桧碑，而未知其详，疑其为桧德政碑。及来浙江，闻仁和县学有宋刻石经，往观之。并见此刻，始知公所坏即此石，非桧德政碑也。然于此有以见公学术之正，论议之公，有补于风教多矣。公文集未得见，此作未知载否？因录以记之右：宣圣及七十二弟子赞，宋高宗制并书，其像则李龙眠麈所画也。高宗南渡，建行宫于杭，绍兴十四年正月，始即岳飞第作太学。三月临幸，首制先圣赞，后自颜渊而下，亦撰辞以致褒崇之意。二十六年十二月刻石于学，附以太师尚书左仆射、同中书门下平章事、兼枢密使秦桧记。桧之言有曰："孔圣以儒道设教，弟子皆无邪杂背违于儒道者。今搢绅之习，或未纯乎儒术，顾驰狙诈权谲之说，以侥幸于功利。"其意盖为当时言恢复者发也。呜呼！靖康之祸，二帝蒙尘，汴都沦覆，当时臣子，正宜枕干尝胆，以图恢复。而桧力主和议，攘斥众谋，尽指一时忠义之言为狙诈权谲之论。先儒朱子谓其倡邪说以误国，挟敌势以要君，其罪上通于天，万死不足以赎者是也。昔龟山杨先生时，尝建议罢王安石孔庙配享，识者韪之。讷一介书生，幸际圣明，备员风纪，兹于仁和县学得观石刻，见桧之记，尚与图赞并存，因命磨去其文，庶使邪诐之说，奸秽之名，不得厕于圣贤图像之后。然念流传已久，谨用备识，俾后览者得有所考云。

漕运定规，每岁运粮四百万石，内兑运三百三十万石，支运七十万石，分派浙江、江西、湖广、山东各都司，中都留守司，南京、江南、江北、直隶一十三把总，管辖各卫所旗军领运。浙江都司运船共一千九百九十九只，每船或军十名，或十一名，或十二名，共该旗军二万一千六百七十名。每船大约装运正米三百石，连加耗四百余石，共该装运七十余万石。该运粮者,杭州前、杭州右、海宁、温州、台州、处州、宁波、绍兴凡八卫,海宁、金华、衢州、严州、湖州凡五所,其余沿海备倭卫所,俱不运粮。自宣德八年,里河漕运到今皆然。运船每五年一造,每一船奏定价银一百两,军卫自备三十两,府县出价七十两。兑运者,各卫所军驾船,至府县水次仓,兑粮起运,京仓、通州仓交纳。支运者,原系民夫民船,运至淮安、徐州、临清、德州四仓。军人驾船于四仓支运京、通二仓。近年又有改兑之名,盖免民起运淮安等仓,加与耗米,就令军船各到该运府县兑粮,直抵京、通二仓也。

禹庙在会稽山下,规模弘敞,塑像工整。所谓窆石者,相传为葬禹衣冠处。其石形稍类钟,刻篆已剥落不可辨矣。南镇之庙,亦塑神像,则甚无谓。尝语府官当去像留主为合礼意,彼以为自国初以来有之,似不可毁。尝思之,孔子与诸贤皆人鬼,高皇初建国学时,皆革塑像用木主。岳镇海渎,不可以形像求者,岂令用塑像耶?此必前代旧物,洪武初正祀典诏下,有司无识,失于改正耳,决非朝制也。

刘时雍为福建右参政时,尝驾海舶至镇海卫,遥见一高山,树木森然,命帆至其下。舟人云:“此非山,海鳅也。舟相去百余里,则无恙,稍近,鳅或转动,则波浪怒作,舟不可保。”刘未信,注目久之,渐觉沉下,少顷则灭没不见矣。始信舟人之不诬。盖初见如树木者,其背鬣也。

古人谓墓祭非礼,故礼无墓祭之仪。朱子亦尝谓其无害于义。盖以孝子感时物之变,有不忍遽死其亲之心,不能不然,此说是也。抑又有可言者,葬后题主,谓亲之神魂已附于主,故凡有事荐祭,惟主是尊是亲。然为主之木,与吾亲平昔神魂素不相干,特以礼制所在,人心属焉。亲之体魄,平昔神魂之所依载,安知委魄之后,神魂不犹依于此乎?盖魄有定在,而魂无不之。古人之祭,或求诸阳,或求诸阴,或求诸阴阳之间,不敢必也。故以墓祭非礼而不行者,泥古忘亲者也。行之无害也。

苏东坡有云:“紫李黄瓜村落香。”黄瓜,今四五月淹为菹者是也。《月令》:“四月,王瓜生,苦菜秀。”王瓜非今作菹之瓜,其实小而有毛。《本草》名菝葜,京师人呼为赤包儿。谓之瓜者,以其根相似耳。今人以其与苦菜并称,遂疑即今黄瓜,而反以黄字为讹。木棉花生南越,树高四五丈,花红似山茶,子如楮实,棉出子中,可贮茵褥,苏州人称"攀枝花"者是也。今纺织以为布者,止可名棉花。《云间通志》以为木棉花,盖踵蔡氏误耳。又尝见一士人家《葵轩卷》中记序题咏,皆形状今蜀葵花。盖不知倾阳卫足,自是冬葵可食者。《诗·七月》"烹葵及菽",公仪休"拔园葵"皆是也。古人文字中,记载名物,必考核精详,故少有此失。

成化末,里人朱全家白日群鼠与猫斗,猫屡却。全卧见之,以物投鼠,不去,起而逐之,才去。

江南自钱氏以来,及宋、元盛时,习尚繁华。富贵之家,于楼前种树,接各色牡丹于其杪。花时,登楼赏玩,近在栏槛间,名"楼子牡丹"。今人以花瓣多者名楼子,未知其实故也。

兵部尚书王公恕在南京参赞机务时,与王公㒜友善,作《大司马三原王公传》,刻板印行。太医院判刘文泰与公有怨,上书讼其变乱选法数事,且言其作传刻板,皆讽人为之,彰一己之善,显先帝之过。以印本封进,上不罪公,令烧毁板籍而已。公遂乞致仕去。予谓板刻之举,或出于门生故吏,而公以老成位冢宰,初无禁止之言,坐致奏讦以罢,不亦深可惜哉!

廪生久滞,宜择其行检端谨、学业优长、可当科目遗材者,善为疏拔之计,不当专论其齿。宣德中,从胡忠定公濙之请,起取四十岁以上廪生入国学,需次出身。天顺初,从都御史李公宾之请,又一行之,皆姑息之政也。然宣德、正统间,监生惟科、贡、官生三种而已,故此辈得以次进用。景泰以来,监生又有他途进者,虽科贡之士,亦为阻塞。中间有自度不能需次者,多就校职,余至选期老死殆半矣。近闻北畿巡抚张公鼎亦建此议,礼部寝之,是能不以姑息结人心者也。

古之君子以军功受赏犹以为耻。而近时各边巡抚文臣,一有克捷,则以其子弟女婿冒滥升赏,要君欺天,无耻甚矣。予所见大臣不以军功私其子弟者,白恭敏、余肃敏二公而已。白薨后,其子缤陈乞,官之。余薨后,朝廷欲官其子,以子置举人,乃官其孙。

近至温州访问前任知府之贤者,士大夫每以何文渊为称首。盖其廉能之誉，初非过情，而惠利之及民者亦多，故民犹称之。若所谓却金馆之作，则不能无意于沽名。故今往来题咏者，诛心推隐无已，此所谓求全之毁也。

浙之衢州，民以抄纸为业。每岁官纸之供，公私糜费无算，而内府贵臣视之，初不以为意也。闻天顺间，有老内官自江西回，见内府以官纸糊壁，面之饮泣，盖知其成之不易，而惜其暴殄之甚也。又闻之故老云：洪武年间，国子监生课簿仿书，按月送礼部，仿书发光禄寺包麵，课簿送法司背面起稿，惜费如此。永乐、宣德间，鳌山烟火之费，亦兼用故纸，后来则不复然矣。成化间，流星爆杖等作，一切取榜纸为之，其费可胜计哉。世无内官如此人者，难与言此矣。

王冕，绍兴人，国初名士。所居与一神庙切近，爨下缺薪，则斧神像爨之。一邻家事神惟谨，遇冕毁神像，辄刻木补之，如是者三四。然冕家人岁无恙，补像者妻孥沾患，时时有之。一日，召巫降神，诘神云："冕屡毁神，神不之咎。吾辄为新之，神何不佑耶？"巫者仓卒无以对，乃作怒曰："汝不置像，彼何从而爨耶？"自是其人不复补像，而庙遂废，至今以为笑谈。

王琦字文琏，仁和人。乡贡试礼部副榜，授汝州学正，擢监察御史，以学行老成称。升山西按察佥事，提督学校，士风为之丕变。改四川，不乐，乞致仕归，年才五十。琦以清介自持，在官门无私谒，平生不治生产，居贫晏如也。值岁大侵，无以为朝夕，冬且暮，大雪，日僵卧，不能出门户。有馈，非故旧不受，即故旧，至数亦却之。邻有喑之曰："当路甚重公，举一言，何所不济？何乃自苦如此？"琦曰："吾求无所愧于心耳。虽饥且寒，无不乐也。何喑之有！"天顺间，竟以饥寒卒。杭州守胡濬闻而吊之，告布按二司，为祀之于杭学乡贤祠。出《祠录》。

景泰间，温州乐清县有大鱼，随潮入港，潮落，不能去。时时喷水满空，如雨。居民聚集磔其肉，忽一转动，溺水死者百余人，自是民不敢近。日暮雷雨，飞跃而去，疑其龙类也。又一日，潮长时，鱼大小数千尾皆无头，蔽江而过。民异之，不敢取食，疑海中必有恶物啮去其首。然啮而不食，其多如许，理不可究。予宿雁荡闻之一老僧云：

　　商文毅公辂父为府吏,生时,知府夜遥见吏舍有光,迹之,非火也。翌旦,问群吏家夜有何事,云商某生一子。知府异之,语其父云:"此子必贵,宜善抚之。"后为举子,浙江乡试、礼部会试、廷试皆第一。景泰间,仕至兵部侍郎,兼春坊太学士,入内阁。天顺初罢归。有医善太素脉,公命诊之,云歇禄十年,当再起。成化初,复起入阁,数年致仕。

卷十三

江南名郡，苏、杭并称，然苏城及各县富家，多有亭馆花木之胜，今杭城无之，是杭俗之俭朴愈于苏也。湖州人家绝不种牡丹，以花时有事蚕桑，亲朋不相往来，无暇及此也。严州及於潜等县，民多种桐漆、桑柏、麻苎，绍兴多种桑苎苎，台州地多种桑柏，其俗勤俭又皆愈于杭矣。苏人隙地多榆、柳、槐、樗、楝、榖等木。浙江诸郡，惟山中有之，余地绝无。苏之洞庭山，人以种橘为业，亦不留恶木。此可以观民俗矣。

石首鱼，四五月有之。浙东温、台、宁波近海之民，岁驾船出海，直抵金山、太仓近处网之。盖此处太湖淡水东注，鱼皆聚之。他如健跳千户所等处固有之，不如此之多也。金山、太仓近海之民，仅取以供时新耳。温、台、宁波之民取以为鲞，又取其胶，用广而利博。予尝谓濒海以鱼盐为利，使一切禁之，诚非所便。但今日之利，皆势力之家专之，贫民不过得其受雇之直耳。其船出海，得鱼而还则已，否则遇有鱼之船，势可夺，则尽杀其人而夺之，此又不可不禁者也。若私通外蕃，以启边患，如闽、广之弊则无之。其采取淡菜龟脚鹿角菜之类，非至日本相近山岛则不可得，或有启患之理。此固职巡徼者所当知也。

西湖三贤祠，唐白文公乐天、宋苏文忠公子瞻、林处士逋也。乐天守杭日，尝筑捍钱塘湖堤泄其水，溉田千顷；复修六井，民赖其利。子瞻初通判杭州，后复为守开西湖，作长堤，中为六桥。又浚城中六井，与民兴利除害，郡人德之。林处士则以其风节之重耳。考之郡志，郡故斥卤，唐兴元间，邺侯李泌守杭，凿六井，引西湖水入城，民受其惠。则杭之水利兴自邺侯，而白、苏二公之所修浚者，其遗迹也。知有白、苏而忘邺侯，可乎？窃谓三贤祠当祠李、白、苏三公以遗爱，和靖则别祠于其旧隐巢居阁或四照堂，以表风节，斯于事体为得宜也。

衢之常山、开化等县人，以造纸为业。其造法，采楮皮蒸过，擘去粗质，糁石灰，浸渍三宿，踩之使熟。去灰，又浸水七日，复蒸之。濯去泥沙，曝晒经句，舂烂，水漂，入胡桃藤等药，以竹丝帘承之，俟其凝结，掀置白上，以火干之。白者，以砖板制为案桌状，圬以石灰，而厝火其下也。

西湖相近诸山，如飞来峰、石屋寺、烟霞洞等处，皆岩洞深邃可爱。然每处刻佛像，破碎山壁，亦令人可厌。飞来峰散刻洞外，石屋寺刻洞中，大小至五百余像，烟霞洞所刻尤多，盖皆吴、越及宋人之制。予《烟霞洞诗》有"刻佛过多清气减"之句，正以其可厌耳。

温茶即辟麝草，酒煎服，治毒疮，其功与一枝箭等，未知果否。一枝箭出贵州，同五味子根、金银藤共煎，能愈毒疮。

猫生子胎衣，阴干烧灰，存性酒服之，治噎塞病有效。闻猫生子后即食胎衣，必候其生时急取则得，稍迟，则落其口矣。

国初赐谥，惟公侯伯都督，凡勋戚重臣有之。文臣有谥，始于永乐年间，然得之者亦鲜矣。今六卿之长，翰林之老，鲜有不得谥者。古之谥必有议，本朝无此制，故诸老文集中无此作。

作兴学校，本是善政，但今之所谓作兴，率不过报选生员，起造屋宇之类而已。此皆末务，非知要者。其要在振作士气，敦厚士风，奖励士行。今皆忽之，而惟末是务。其中起造屋宇，尤为害事。盖上官估费，动辄银几千两，而府县听嘱于旁缘之徒，所费无几，侵渔实多。是以虚费财力，而不久复敝，此所谓害事也。况今学舍屡修，而生徒无复在学肄业，入其庭，不见其人，如废寺然，深可叹息。为此者，但欲刻碑以记作兴之名，而不知作兴之要故也。

欧公记钱思公坐则读经史，卧则读小说，上厕则阅小词，未尝顷刻释卷。宋公在史院每走厕，则挟书以往，讽诵之声，琅然外闻。此虽足以见二公之笃学，然溷厕秽地，不得已而一往，岂读书之所哉！佛老之徒，于其所谓"经不焚香不诵"也。而吾儒乃自亵其所业如此，可乎？若欧公于此构思诗文，则无害于义也。

《癸辛杂识》解匡衡说《诗》解人颐，以俗语兜不住下颏之说为证。且云：本朝盛度以第二名登第，其父颐解而卒。岐山县樊纪登第，其父亦以喜而颐脱，有声如破瓮。此说过矣。解音蟹，如淳注云：笑不止也。又柳玭《戒子弟书》有云："论当世而解颐。"言不学者闻论世事，不能置喙，但解缓颐颊而笑耳。盛、樊二事，偶过喜而有此异，当时闻衡说《诗》者，岂至此哉！

《尚书钱文通公谱》略云："夺门报功，领重赏者甚众。府君谓兵部尚书陈公汝言曰：'今日封侯封伯皆是矣，独一人未封。'汝言曰：'谁？'府君曰：'当时非奉皇太后手诏，则曹、石二公焉敢提兵入禁。盖以迎复之功，归诸皇太后，请上尊号。'明日汝言入奏，英宗皇帝即命择日上圣烈慈寿皇太后尊号。"愚谓子为天子，以天下养，苟欲致隆于尊亲，揆之以礼，何所不可，但论功耶？使皇太后无手诏之功，尊号当不上耶？文通之言，未为得也。

《剪灯新话》钱塘瞿长史宗吉所作。《剪灯余话》，江西李布政昌期所作，皆无稽之言也。今各有刻板行世。闻都御史韩公雍巡抚江西时，尝进庐陵国初以来诸名公于乡贤祠。李公素著耿介廉慎之称，特以作此书见黜。清议之严，亦可畏矣。闻近时一名公作《五伦全备》戏文印行，不知其何所见，亦不知清议何如也。

前代称祖父母为王父王母，父母殁称皇考皇妣。今世无官者，神主称府君，皆袭古式而不知本朝有禁也。尝见题无官神主称处士，无封赠妇人墓志称硕人。盖处士本不可易称，必若严光、徐稚之流可也。今舍此则无以顺孝子之心。孺人在古，夫称其妇之辞，今既以为命妇封号，则不可僭。硕人既有出，又无碍，是可从也。

凡姓叶音摄，屈音橘，费音秘，盖音阁，雍去声之类，皆地名。古者因地受氏故也。今人多不知其姓之所从来，叶读作枝叶之叶，屈读作屈伸之屈，费读作费隐之费，盖读作概。雍读作平声。漕运之漕，本去声，《说文》：水转毂也。平声者，水名。南京有济川卫，济本去声，此卫管马快船军，取"若济大川，用汝作舟楫"之义。若济州、济阳、济宁等卫，济字皆上声，水名也，今虽士大夫多不能辨。

沈王府长史王庭，予同学友也。任国子学正时，病大便下血，势濒危殆。一日，昏愦中闻有人云："服药误矣，吃小水好。"庭信之，饮溺一碗，顷苏。遂日饮之，病势渐退，易医而愈。杭州府通判王某，河间人，病腹胀，服药不效。梦人语云："鬼蒺藜可治。"王寻取煎液饮之，痛不可忍。俄顷洞泄，迸出一虫，长丈余，寻愈。此二人殆命不当死，或有阴德，鬼神默佑之耶。

轮回酒，人尿也。有人病者，时饮一瓯，以酒涤口。久之，有效。跌扑损伤，胸次胀闷者，尤宜用之。妇人分娩后，即以和酒煎服，无产后诸病。南京吏侍章公纶在锦衣狱，六七年不通药饵，遇胸膈不利、眼痛、头疼，辄饮此物，无不见效。

古人宗法之立，所以立民极定民志也。今人不能行者，非法之不立，讲之不明，势不可行也。盖古者公卿大夫，世禄世官，其法可行。今武职犹有世禄世官遗意，然惟公侯伯家能行之，其余武职，若承袭一事，支庶不敢夺嫡，赖有法令维持之耳。至于祠堂祭礼，便已窒碍难行。如宗子虽承世官，其所食世禄，月给官廪而已。非若前代有食邑、采地、圭田之制也。故贫乏不能自存者，多僦民屋以居，甚至寄居公廨，及神庙旁屋。使为支子者，知礼畏义，岁时欲祭于其家，则神主且不知何在，又安有行礼之地哉！今武官支子家富，能行时祭者，宗子宗妇，不过就其家飧馂余而已。此势不行于武职者如此。文职之家，宗子有禄仕者，固知有宗法矣。亦有宗子不仕，支子由科第出仕者，任四品以下官得封赠其父母；任二品三品官得封赠其祖父母；任一品官得封赠其曾祖父母。夫朝廷恩典，既因支子而追及其先世，则祖宗之气脉，自与支子相为流通矣。揆幽明之情，推感格之礼，虽不欲夺嫡，自有不容己者矣。此势不行于文职者如此。故曰：非法之不立，讲之不明，势不可行也。知礼者，家必立宗，宗必立谱，使宗支不紊。宗子虽微，支子不得以富强凌之。则仁让以兴，乖争以息，亦庶乎不失先王之意矣。

成化二十二年八月十二日正午，天宇澄霁，皎无纤云。松江城郭之人，见空中驾一小舟，从东而西，又折而东落序班董进卿楼上。市人从观者塞道，细视之，乃茭草所结。时进卿之父仲颍已患耳疮，乃曰："此船来载我也。"疮果不疗而卒。张汝弼志其墓如此。

《西湖竹枝词》，杨廉夫为倡，南北名士属和者，虞伯生而下凡一百二十二人。吴郡士二十六人，而昆山在列者一十一人。其间最有名,时称郭、陆、秦、袁,谓羲仲、良贵、文仲、子英也。陆本昆山太仓人,其称河南,盖姓原郡望耳。秦则崇明人,居太仓,崇明时属扬州,故称淮海。吕敬夫称东仓即太仓。漫录廉夫原叙如左,以见吾乡文事之盛,有自来矣。

郭翼字羲仲,吴之昆山人。博文史,不为举子业,专资以为诗。其诗精悍者,在李商隐间。风流姿媚者,不在玉台下也。

顾瑛字仲瑛,吴郡昆山人,吴中世家也。喜读书,宪府试辟会稽教官,不就。筑室号可斋,以诗酒自乐。才性高旷,尤善小李诗及今乐府。海内文士乐与之交,推为片玉山人云。

袁华字子瑛,吴郡昆山人。博学有奇才,自幼以诗名搢绅间。如"三峰月寒木客啸,丹阳湖深姑恶飞",皆脍炙语也。又如"银杏树阴不受暑,蔷薇花开犹殿春",可称才子矣。

顾晋字进道,仲瑛次子。好读书,性不爱浮靡,见趋竞者不与交,贞素自守,淡如也。字法古甚,其诗法有玉山之风云。

陆元泰字长卿,吴之昆山人。先世故宋进士,以赀雄一邑。至长卿不求显达,而专志书史,家声不坠焉。

顾元臣字国衡,仲瑛之子。年少能读书,作诗俊爽,世其家者也。

顾佐字翼之,仲瑛兄仁之子。好吟诗,时有惊人句,盖亦渐染玉山之习云。

张希贤字希颜,吴之昆山人。读书儒雅,酷志作诗。好古物,图画列左右,人间欲得之者,即便持去,毋所顾惜,趣尚可知矣。

陆仁字良贵,河南人。明经,好古文,其诗学有祖法,清俊奇伟。如《佛郎国进天马颂》、《水仙庙迎送神词》、《度黄河望神京》诸篇,搢绅先生莫不称道之。其翰墨法欧褚章草,皆洒然可观。

秦约字文仲,淮海人。博学强记,不妄交。隐居著书,尤好吟咏。古乐府如《精卫》、《望夫石》,律诗如《吴桓王》、《岳鄂王》诸篇,的的可传者也。

吕诚字敬夫,吴之东仓人。幼聪敏,喜读书,能去豪习。家有梅雪斋,日与文士倡和,其作诗故清绝云。

其余吴士则陈谦子平、沈右仲说、张简仲简、马稷民立、张田芸己、顾敬思恭、张守中大本、周南正道、陆继美继之、富恕子微、缪侃叔正、严恭景安、强珇彦栗、释椿大年、璞良琦也。

公廨正厅三间,耳房各二间,通计七间。府州县外墙高一丈五尺,用青灰泥。府治深七十五丈,阔五十丈。州治次之,县治又次之。公廨后起盖房屋,与守令正官居住,左右两旁,佐贰官首领官居之。公廨东另起盖分司一所,监察御史、按察分巡官居之。公廨西起盖馆驿一所,使客居之。此洪武元年十二月钦定制度,大约如此。见《温州府志》。

初至嵊县,问嵊字之义。一庠生云:四山为嵊,如四马四矢之义。问其所出,云“闻之前辈耳”。考之县志、韵书,皆不具此说。偶阅《苏州志》,齐张稷为剡令,至嵊亭生子,因名嵊,字四山。以此命字,必有出也。特读书未到古人耳。

司寇林公季聪为给事中时,有盛名。冢宰尹公同仁,尝问汀州守张公靖之云:“自宣德以来,六科人物,公以何人为第一?”张以季聪为对。尹云:“叶与中当是第一人。”靖之尝为予道之。

古人称呼简质,如足下之称,率施于尊贵者。盖不能自达,因其足下执事之人以上达耳。后世遂定以天子称陛下,诸王称殿下,宰相称阁下。今平交相谓,亦称阁下,闻人称足下,则不喜矣。又如今人遇主事称主政,评事称廷评之类,此特换字耳,何轻重耶!至若给事中与古中黄门、小黄门,监察御史与古绣衣,直指稍不同。今闻称给事中、御史辄皆不喜。大抵黄门绣衣,随俗称呼犹可,施之文章记载,似不可也。

成化丙戌科,至弘治辛亥,二十六年间,同年虽存亡不一,通计束金者一百六十六人矣。故近时言科目之盛者,多以丙戌为称。然其间如罗伦上疏论李文达夺情起复之非,卒著为令。章懋、黄仲昭、庄㫤谏鳌山烟火之戏,陆渊之论陈文谥庄靖之不当,贺钦、胡智、郑已、张进禄辈之劾商文毅、姚文敏,强珍之劾汪直、陈钺,皆气节凛然,表表出色。后来各科,多无此风,此丙戌之科所以为尤盛也。

同寮尝会饮予官舍,坐有誉威宁伯之才美者。刘时雍云:“人皆谓王世昌智,以予言之,天下第一不智者,此人也。以如此聪明,如此才力，却不用以为善。及在显位，又不自重，阿附权官以取功名，名节既坏，而所得爵位，毕竟削夺，为天下笑。岂非不智而何？"坐客为之肃然。

宋与金人和议，天下后世专罪秦桧。予尝观之，桧之罪固无所逃，而推原其本，实由高宗怀苟安自全之心，无雪耻复仇之志。桧之奸，有以窥知之，故逢迎其君，以为容悦，以固恩宠耳。使高宗能如勾践卧薪尝胆，必以复仇雪耻为心，则中原常在梦寐，其于临安偏隅，盖不能一朝居矣。恢复之计，将日不暇给，而何以风景为哉！今杭之聚景、玉津等园，云皆始于绍兴间，而孝宗遂以为致养之地。近游报恩寺，后山顶有平旷处，云是高宗快活台遗址。又如西湖吃宋五嫂鱼羹之类，则当时以天下为乐，而君父之仇，置之度外矣。和议之罪，可独归之桧哉？

韵书分平、上、去、入四声，然上、去、入皆平声之转耳。若支、微、鱼、虞、齐、佳、灰、萧、肴、豪、歌、麻、尤此十三韵，无入声。近有《切韵指南》一书，乃元人关中刘鉴所编。其书调四声，如云脂、旨、至、质、非、斐、费、拂、戈、果、过、郭、钩、苟、遘、彀之类，皆不知音韵而妄为牵合者也。盖质本真之转，拂本分之转，郭本光之转，彀本公之转耳。脂转质，非转拂，未为不可。但韵中他字，多转不去，况戈、果、过若转入声，当是谷，不当为郭。若钩、苟、遘转入声，当是革，不当为彀也。

书为六艺之一，书学不讲，亦士大夫一俗也。如周布政晟，其弟苏州同知冕，南京户部孙郎中晜，其弟余杭知县冕，皆不识冕字。又刊有删除之义，如随山刊木，井堙木刊，不刊之典之类是已。今人雕刻书版皆谓之刊，殊非字义。然宋人文字中已有用之者，其来远矣。六书有谐声，梨之从利，榴之从留，桃之从兆，犹鹅之从我，鸭之从甲，鸡之从奚，可类推也。近世作《本草衍义补》者，曰榴者留也，梨者利也。若曰桃者兆也，则不通矣，当各言性味可也。

近尝行桐庐道中，见一妇隔溪哀诉人杀其夫。然溪深水阔，方思所以处之，左右以其病风云，不足问。予以为其声哀切，决非病风者。适有县官从行，遂免其送，令往取词以复。乃於潜民陈某，夫妇以弄猴乞食，暮投宿山家。其家业渔，兄弟俱未娶，同侍一母。见陈妇勤

爽,将图之。夜说陈:"弄猴所得无几,吾渔日得利数倍,诘旦盍从吾
试之。"旦果同出,及暮,兄弟同返,而陈不至。妇问之,云:"尔夫被虎
衔去矣。"妇不信,号哭不寐。渔者母说以甘言,欲令为儿妇。妇不
许,且言将诉之官,求夫所在。兄弟惧,乃并猴杀之,猴以弃之水,妇
以埋之废冢中。逾二宿,妇复生,觉有人蹴其胁,大呼云:"明星至矣,
何不走诉?"妇开眼昏然,犹不知身在何处。偶见容光之隙,有日透
入,遂从隙攻溃而出,始知空椁中也。于是往来奔走,候俟上司,如狂
人,因谓病风云。至是,案令有司捕鞠之,猴亦复生,而适至其家。弄
猴篾圈,尝投之火,火不能焚,皆得实状,渔者兄弟并论死。是亦非偶
然也。近闻里俗传道,予尝听鬼诉冤,亲断其事,若神明者,皆妄也。

松江斡山人沈宗正,每深秋设篊于塘,取蟹入馔。一日,见二三
蟹相附而起,近视之,一蟹八跪皆脱,不能行,二蟹升以过篊。因叹
曰:"人为万物之灵,兄弟朋友有相争相讼,至有乘人危困而挤陷之
者。水族之微,乃有义如此。"遂命拆篊,终身不复食蟹。太仓张用
良,吾妻兄也。素恶胡蜂螫人,见即扑杀之。尝见一飞虫罥于蛛网,
蛛束缚之甚急。一蜂来螫蛛,蛛避去。蜂数含水湿虫,久之,得脱去。
因感蜂义,自是不复杀蜂。

卷十四

"种竹无时，雨过便移，多留旧土，记取南枝。"此种竹诀也。知此，则乡俗以五月十三日为移竹之候者，误人多矣。又云："十人移竹，一年得竹；一人种竹，十年得竹。"盖十人移者，言其根柢之大，即多留旧土之谓也。《癸辛杂识》有种竹法，又以新竹成竿后移为佳。尝闻圃人云，花木在晴日栽移者茂盛，阴雨栽移者多衰。今人种艺率乘阴雨以其润泽耳。然圃人之说，盖有验者，不可不知。

吾乡布衣沈先生名玙，字孟温。洪武中，其家坐累谪戍云南之金齿。宣德初，归省坟墓。乡人以其经学该博，留教子弟。时年几六十，目已眚，终日端坐，与诸生讲解《四书》、《五经》，章分句析，亹亹不倦，微辞奥义，亦多发明。后还云南，所著有《稽言录》、《昆冈文稿》、《释奠议》。太仓在胜国时，昆山州治在焉，故多文学之士。后因兵燹，随州西迁。自设兵卫以来，军民杂处，人不知学。今文学日盛，固由学校作养之功，而其讲说来历，实先生有以启之也。其《释奠议》大略言斯道肇于尧、舜，衍于禹、汤、文、武、周公，而折衷于孔子。然则由尧、舜而下，皆合祀于天子之学。天子之学有五，东曰东胶，西曰瞽宗，南曰成均，北曰上庠，而其中曰辟雍。盖上庠者，有虞氏之学也。居于北者，象五行之水，宜以尧、舜为先圣，稷、契为先师，而以建子之月行事。成均者，夏后氏之学也，居于南者，象五行之火，宜以禹为先圣，皋陶、伯益为先师，而以建午之月行事。瞽宗者，殷人之学也。居于西者，象五行之金，宜以汤为先圣，伊尹、仲虺、傅说为先师，而以建酉之月行事。东胶者，周人之学也。居于东者，象五行之木，宜以文、武、周公为先圣，太公望、召公奭为先师，而以建卯之月行事。辟雍居中，象五行之土，而孔子集群圣之大成，宜以孔子为先圣，颜子、曾子、子思、孟子、周子、二程子、张子、朱子为先师，而以辰、戌、丑、未四建之月行事。其四代之贤者，各从祀于其学之两庑。自七十子而下，以及后世大儒咸从祀于辟雍之两庑。然惟天子得以遍祀历代之先圣先师,而守令则惟祀孔子一圣、颜子至诸子九师而已。盖天子祭天下名山大川,诸侯祭封内山川,故惟天子得以遍祀天下之名贤,而其余皆不必祀,祀之则为僭,且滥矣。近世金华宋濂作《孔子庙堂议》,颇合礼意,而惜乎犹有所未备也。故推广其说如此。先生自谓好礼之士,有能以此言请于朝,未有不从者,恐未必然。然此足以见其考古之学矣。

陈某者,常熟涂松人。家颇饶,然夸奢无节,每设广席肴饤如鸡鹅之类,每一人前,必欲具头尾。尝泊舟苏城沙盆潭,买蟹作蟹螯汤,以螯小不堪,尽弃之水。狎一妓,为制金银首饰,妓哂其吝,悉抛水中,重令易制。积岁负租及官物料价颇多,官府追偿,因而荡产。乃僦屋以居,手艺蔬,妻辟纑自给。邻翁怜其劳苦,持白酒一壶,豆腐一盂馈之,一嚼而病泄累日。妻问曰:"沙盆潭首饰留,今日用,何如?"某云:"汝又杀我矣!"

大臣进退,听望所系,而馆阁辅导密勿之地,居此者,所系尤重也。近年阁老之去,自商文毅后,皆不以礼。寿光刘公一日朝退,将入阁,有校尉邀于路,云:"免入,请回。"公径出,翌日辞。眉州万公之去,一大珰至阁下。摘去所佩牙牌,公遂出。舁夫以非时未至,徒行至朝房,借马归,遂辞。博野刘公之去,一内使至其家,促具疏辞。是在朝廷虽失体貌,必诸公有以自取也。闻寿光以私受德王名酒,眉州以认皇贵妃同族,博野以撰张峦铁券文过迟,致嫌谤也,未知然否。

高皇尝集画工,传写御容,多不称旨。有笔意逼真者,自以为必见赏,及进览,亦然。一工探知上意,稍于形似之外,加穆穆之容以进。上览之,甚喜,仍命传数本以赐诸王。盖上之意有在,他工不能知也。又闻苏州天王堂一土地神像,洪武中,国工所塑。永乐初,有阍百户者,除至苏州卫,偶见之,拜且泣。人问故,云在高皇左右日久,稔识天颜,此像盖逼真已。

王继之,福建莆田人,为某官,壬午年死于国事。其死与方希直同,不可泯也。王良,河南人,以刑部左侍郎出为浙江按察使,是年阖室自焚。见《杭州志》。

《大学衍义》一书,人君修齐治平之术。至切至要,非迂远而难行者。其中三十九、四十卷,齐家之要,历引前代宦官之事、忠谨之福。仅八条,而预政之祸,四倍其多。纵使人主知读之,左右其肯使之一见哉!苏人陈祚,宣德间为御史,尝上章劝读此书。上怒,逮祚及其子侄八九人,俱下锦衣狱,禁锢数年。上宾天,始得释。成化初,闻叶文庄亦尝言之,不报。近时丘祭酒先生濬进所著《大学衍义补》若干卷,朝廷命刻板印行。其所补者,治平二事耳。愚谓能尽齐家已上工夫,则治平事业,皆自此而推之,虽无补可也。

京师有依托官府赚人财货者,名"撞太岁",吴中名"卖厅角",江西名"树背张风",盖穿窬之行也。士人熟于嘱托公事者,此行亦忍为之。乡里前辈为显官,不入官府嘱事者,刑部主事吴凯相虞、进士郑文康时义、吏部侍郎叶盛与中、刑部郎中孙琼蕴章、浙江副使张和节之而已。闻山东布政龚理彦文、福建副使沈讷文敏,皆端士,然皆卒官,予未之识也。

宋叶文康公时著《礼经会元》,于《周礼》大义多所发明。其言汉河间献王以《考工记》补《冬官》之缺,何异拾贱医之方,以补卢、扁之书。庸人按之,适足为病。且百工事,固非《周官》所可无,而于周公设官之意何补?况《秋官》有典瑞,玉人不必补可也。《夏官》有量人,匠人不必补可也。天官有染人,钟氏、幌氏,虽阙何害?《地官》有鼓人、鲍人、韗人,虽亡何损?虽无车人,而巾车之职尚存;虽无弓人,而司弓矢之职犹在。匠人沟洫之制,已见于遂人;校人射侯之制,已见于射人。有如攻皮之工五,既补其三,而又缺其二,不知韦氏、裘氏,岂非《天官》司裘、掌皮之职乎?《周礼》无待于《考工记》,献王以此补之,陋矣。自《考工记》补《冬官》之后,先儒论议《周礼》者颇多,而未有为此说者,亦卓识也。

丘氏,苏人俞钦玉之妻也。钦玉,故刑部尚书士悦子,颇知书,而轻财好色。尝以丘无子,置姜七人,丘待之慈惠,而防之则严。每旦暮出入房闼,皆有节制,童子十五以上,不许入中门。成化间,钦玉游京师,客死教坊妓家,丘待众姜益厚,而制驭益严。丧甫终,存其有子者二人,余悉嫁之。二子皆遣为府学生,云:"吾待汝无厚薄,成否汝之责也。"丘之父兄,皆不拘礼节之士,惧其有所窥,每至必先出中门,延之别室饮食之。自钦玉死，家无妄费，而门无杂宾，俞氏已衰而复振者，皆丘之力也。

《杜律虞注》，本名《杜律演义》，元进士临川张伯成之所作也。后人谬以为虞伯生所"注"。予尝见《演义》刻本，有天顺丁丑临川黎送久大序，及伯成传序。其略云：注少陵诗者非一，皆弗如吾乡先进士张氏伯成《七言律诗演义》。训释字理极精详，抑扬趣致极其切当。盖少陵有言外之诗，而《演义》得诗外之意也。然近时江阴诸处以为虞文靖公注，而刻板盛行，谬矣。其《桃树》等篇，"来行万里"等句，复有数字之谬焉。吾临川故有刻本，且首载曾昂夫、吴伯庆所著《伯成传》并挽词，叙述所以作《演义》甚悉，奈何以之加诬虞公哉！按文靖早居禁近，继掌丝纶，尝欲厘析诗书，汇正三礼，弗暇，独暇为此乎？杨文贞公固疑此注非虞，惜不知为伯成耳。嫁白诡坡，自昔难免哉！

近得《晦庵先生同年录》，因得以知宋科举之制。绍兴十八年二月十二日锁院，敕差知贡举官一人，同知贡举官一人，参详官八人，点检试卷官二十八。十八日、十九日、二十日，引试诗赋论策三场。二十二日、二十三日、二十四日，引试经义论策三场。别试考试官一人，点检试卷官四人。二十三日引试御试，敕差初考官三人，覆考官三人，详定官三人，编排官二人，初考、覆考、点检试卷官各一人，续差对读毕克初覆考，同共考校官六人。四月十七日，皇帝御集英殿，唱名赐状元王佐以下及第、出身、同出身共三百三十人释褐。当月十八日，赴期集所，纠弹三人，笺表五人，主管题名小录九人，掌仪二人，典客二人，掌计、掌器、掌膳、掌酒果各一人，监门二人。二十六日，依令赐钱一千七百贯。二十九日，朝谢。五月初二日，就法慧寺拜黄甲，叙同年。初五日，赴国子监谒谢先圣先师邹国公，立题名石刻于礼部贡院，赐状元王佐等闻喜宴于礼部贡院。第五甲第九十人朱熹，字元晦，小名沈郎，小字季延，年十九，九月十五日生。外氏祝偏侍下第五一兄弟无乡贡生婆刘氏。曾祖徇，故，不仕。祖森，故，赠承事郎。父松，故，任左承议郎。本贯建州建阳县群玉乡三桂里，父为户。

斗叶子之戏，吾昆城上自士夫，下至僮竖，皆能之。予游昆庠八年，独不解此，人以拙嗤之。近得阅其形制，一钱至九钱各一叶，一百至九百各一叶，自万贯以上，皆图人形；万万贯呼保义宋江，千万贯行者武松，百万贯阮小五，九十万贯活阎罗阮小七，八十万贯混江龙李进，七十万贯病尉迟孙立，六十万贯铁鞭呼延绰，五十万贯花和尚鲁智深，四十万贯赛关索王雄，三十万贯青面兽杨志，二十万贯一丈青张横，九万贯插翅虎雷横，八万贯急先锋索超，七万贯霹雳火秦明，六万贯混江龙李海，五万贯黑旋风李逵，四万贯小旋风柴进，三万贯大刀关胜，二万贯小李广花荣，一万贯浪子燕青。或谓赌博以胜人为强，故叶子所图，皆才力绝伦之人，非也。盖宋江等皆大盗，详见《宣和遗事》及《癸辛杂识》。作此者，盖以赌博如群盗劫夺之行，故以此警世，而人为利所迷，自不悟耳。记此，庶吾后之人知所以自重云。

阁老丘公《世史正纲》有云："佛氏入中国，始铸金为像，后又为土木之偶。后世祀先师亦以塑像，不知始何时。"考史，开元八年，改颜子等十哲为坐像，则前此固有为塑像者矣。但先圣坐而诸贤皆立，至是乃改立为坐耳。按晦庵先生跪坐拜说，闻成都府学有汉时礼殿，诸像皆席地而跪坐。文翁犹是当时琢石所为，尤足据信。及杨方子直入蜀帅幕府，因使访焉，则果如所闻者。且为仿文翁石像，为小土偶以来，观此，则先圣先师之置像，盖自汉以来已有之矣。

种柏必须接，否则不结子，结亦不多。冬月取柏子，春于水碓，候柏肉皆脱，然后筛出核，煎而为蜡。其核磨碎，入甑蒸软，压取清油，可燃灯，或和蜡浇烛，或杂桐油制伞。但不可食，食则令人吐泻。其查名油饼，壅田甚肥。

苎，每四五年一种，种须八九月，去旧根，取当年旁生枝为佳。久不更种，到老根生，白蚁伤之。种法：先锄地作沟，用污泥填壅。每沟约疏五六尺，或一尺。五月刈者名头苎，七月刈者名二苎，九月刈者名三苎。如茂盛，亦不须待至此月。及其未至旁枝，未生花，未遭狂风可也。若过时而生旁枝，则苎皮不长；生花则老，而皮粘于骨，不可剥；遭大风吹，折倒，皮亦有断痕而不佳矣。凡将刈，先以杖击去叶，然后刈之。落叶既壅于根，久而浥烂，到地亦肥。刈后，乘其未燥，以水沃之。剥重皮沤水中，一时取起，以铁刀戛去粗皮，阴干；若晒干，则硬脆不堪绩矣。雨后刈者，尤润而佳。戛法以时，但一面着力,以指按粗皮于刀上,而抽取之。每一刈后,制苎稍暇,须灌粪一度,又以污泥覆之则肥,而收刈可以及时。大率织布以头苎为尚,二苎滋润,而便于绩者耳。三苎尤劣。

五金之矿,生于山川重复高峰峻岭之间。其发之初,唯于顽石中隐见矿脉,微如毫发。有识矿者得之,凿取烹试。其矿色样不同,精粗亦异。矿中得银,多少不定,或一箩重二十五斤,得银多至二三两,少或三四钱。矿脉深浅不可测,有地面方发而遽绝者;有深入数丈而绝者;有甚微,久而方阔者;有矿脉中绝,而凿取不已,复见兴盛者,此名为过璧;有方采于此,忽然不现,而复发于寻丈之间者,谓之虾蟆跳。大率坑匠采矿,如虫蠹木,或深数丈,或数十丈,或数百丈。随其浅深,断绝方止。旧取矿携尖铁及铁锤,竭力击之,凡数十下,仅得一片。今不用锤尖,惟烧爆得矿。矿石不拘多少,采入碓坊,舂碓极细,是谓矿末。次以大桶盛水,投矿末于中,搅数百次,谓之搅粘。凡桶中之粘分三等:浮于面者谓之细粘,桶中者谓之梅沙,沉于底者谓之粗矿肉。若细粘与梅沙,用尖底淘盆,浮于淘池中,且淘且汰,泛扬去粗,留取其精英者。其粗矿肉,则用一木盆如小舟然,淘汰亦如前法。大率欲淘去石末,存其真矿,以桶盛贮,璀璨星星可观,是谓矿肉。次用米糊搜拌,圆如拳大,排于炭上,更以炭一尺许覆之。自旦发火,至申时住火,候冷,名窖团。次用烊银炉炽炭,投铅于炉中,候化即投窖团入炉,用鞴鼓扇不停手。盖铅性能收银,尽归炉底,独有滓浮于面。凡数次,炉爬出炽火,掠出炉面滓。烹炼既熟,良久以水灭火,则银铅为一,是谓铅驼。次就地用上等炉灰,视铅驼大小,作一浅灰窠,置铅驼于灰窠内,用炭围叠侧,扇火不住手。初铅银混,泓然于灰窠之内,望泓面有烟云之气,飞走不定,久之稍散,则雪花腾涌,雪花既尽,湛然澄澈。又少顷,其色自一边先变浑色,是谓窠翻。乃银熟之名。烟云雪花,乃铅气未尽之状。铅性畏灰,故用灰以捕铅。铅既入灰,惟银独存。自辰至午,方见尽银。铅入于灰坯,乃生药中蜜陀僧也。

青瓷初出于刘田,去县六十里。次则有金村窑,与刘田相去五里余。外则白雁、梧桐、安仁、安福、绿绕等处皆有之。然泥油精细,模范端巧,俱不若刘田。泥则取于窑之近地,其他处皆不及。油则取诸山中,蓄木叶烧炼成灰,并白石末澄取细者,合而为油。大率取泥贵细,合油贵精。匠作先以钧运成器,或模范成形。候泥干,则蘸油涂饰,用泥筒盛之。置诸窑内,端正排定,以柴箓日夜烧变。候火色红焰无烟,即以泥封闭火门,火气绝而后启。凡绿豆色莹净无瑕者为上,生菜色者次之。然上等价高,皆转货他处,县官未尝见也。

　韶粉,元出韶州,故名。龙泉得其制造之法,以铅熔成水,用铁盘一面,以铁杓取铅水入盘,成薄片子。用木作长柜,柜中仍置缸三只,于柜下掘土,作小火,日夜用慢火薰蒸。缸内各盛醋,醋面上用木柜,叠铅饼,仍用竹笠盖之。缸外四畔用稻糠封闭,恐其气泄也。旬日,一次开视,其铅面成花,即取出敲落。未成花者,依旧入缸添醋,如前法。其敲落花入水浸数日,用绢袋滤过其滓,取细者别入一桶,再用水浸。每桶入盐泡水并焰硝泡汤,候粉坠归桶底,即去清水。凡如此者三,然后用砖结成焙,焙上用木匣盛粉,焙下用慢火薰炙,约旬日后即干。擘开,细腻光滑者为上,其绢袋内所留粗滓,即以酸醋入焰硝、白矾泥、矾盐等,炼成黄丹。

　采铜法,先用大片柴,不计段数,装叠有矿之地。发火烧一夜,令矿脉柔脆。次日火气稍歇,作匠方可入身,动锤尖采打。凡一人一日之力,可得矿二十斤,或二十四五斤。每三十余斤,为一小箩。虽矿之出铜多少不等,大率一箩可得铜一斤。每烊铜一料,用矿二百五十箩,炭七百担,柴一千七百段,雇工八百余。用柴炭装叠烧两次,共六日六夜。烈火亘天夜,则山谷如昼,铜在矿中,既经烈火,皆成茱萸头,出于矿面。火愈炽,则熔液成驼。候冷,以铁锤击碎,入大旋风炉,连烹三日三夜,方见成铜,名曰生烹。有生烹亏铜者,必碓磨为末,淘去粗浊,留精英,团成大块,再用前项烈火,名曰烧窖。次将碎连烧五火,计七日七夜,又依前动大旋风炉,连烹一昼夜,是谓成铍铍者,粗浊既出,渐见铜体矣。次将铍碎,用柴炭连烧八日八夜,依前再入大旋风炉,连烹两日两夜,方见生铜。次将生铜击碎,依前入旋风炉烊炼,如烊银之法。以铅为母,除滓浮于面外,净铜入炉底如水,即于炉前逼近炉口铺细砂,以木印雕字,作处州某处铜,印于砂上。旋以砂壅印,刺铜汁入砂匣,即是铜砖,上各有印文。每岁解发赴梓亭寨前，再以铜入炉烊炼成水，不留纤毫渗杂，以泥裹铁杓，酌铜入铜铸模匣中，每片各有锋棱，如京销面，是谓十分净铜。发纳饶州、永平监应副铸。大率烊铜所费不赀，坑户乐于采银，而惮于采铜。铜矿色样甚多，烊炼火次亦各有异。有以矿石径烧成者，有以矿石碓磨为末，如银矿烧窖者。得铜之艰，视银盖数倍云。

香蕈，惟深山至阴之处有之。其法用干心木、橄榄木，名曰蕈榾。先就深山下斫倒仆地，用斧班驳锉木皮上，候淹湿，经二年始间出。至第三年，蕈乃遍出。每经立春后，地气发泄，雷雨震动，则交出木上，始采取。以竹篾穿挂，焙干，至秋冬之交，再用工遍木敲击。其蕈间出，名曰惊蕈。惟经雨则出多，所制亦如春法，但不若春蕈之厚耳。大率厚而小者，香味俱胜。又有一种，适当清明向日处间出小蕈，就木上自干，名曰日蕈。此蕈尤佳，但不可多得。今春蕈用日晒干，同谓之日蕈，香味亦佳。

已上五条，出《龙泉县志》。银铜青瓷，皆切民用，而青瓷尤易。视之，盖不知其成之之难耳。苟知之，其忍暴殄之哉！"蕈"字原作"蕈"，土音之讹，今正之。又尝见《本心斋蔬食谱》作"葶"，尤无据。盖《说文》、《韵会》皆无"蕈"字，《广韵》有之。

蔡季通《睡诀》云："睡侧而屈，觉正而伸，早晚以时。先睡心，后睡眼。"晦庵以为此古今未发之妙。周密谓睡心睡眼之语，本出《千金方》，晦翁偶未之见耳。今按前三句，亦是众人良知良能，初无妙处。"半酣酒，独自宿，软枕头，暖盖足，能息心，自瞑目"。此予诀也。

古人饮酒有节，多不至夜。所谓"厌厌夜饮，不醉无归"，乃天子燕诸侯，以示慈惠耳，非常燕然也。故长夜之饮，君子非之。京师惟六部十三道等官，饮酒多至夜。盖散衙时才得赴席，势不容不夜饮也。若翰林六科及诸闲散之职，皆是昼饮。吾乡会饮，往往至昏暮才散，此风亦近年后生辈起之。殊不思主人之情，固所当尽。童仆伺候之难，父母悬念之切，亦不可不体也。李宾之学士饮酒不多，然遇酒边联句或对弈，则乐而忘倦。尝中夜饮酒归，其尊翁犹未寝，候之。宾之愧悔，自是赴席，誓不见烛。将日晡，必先告归。此为人子者所当则效也。

国初循元之旧,翰林有国史院,院有编修官,阶九品而无定员,多或至五六十人。若翰林学士待制等官,兼史事,则带兼修国史衔。其后更定官制,罢国史院,不复设编修官,而以修撰、编修、检讨专为史官,隶翰林。翰林自侍讲、侍读以下为属官,官名虽异,然皆不分职。史官皆领讲读,讲读官亦领史事。所兼预职事,不以书衔。近年官翰林者,尚循国初之制,书兼修国史。甚者,编修已升为七品正员,而仍书国史院编修官。亦有书经筵检讨官者,盖仍袭旧制故也。此出《东里文集》。有关制度,且可以示妄书官衔者,故记之。

卷十五

朱子注《易》，虽主尚占立说，而其义理未尝与程《传》背驰。故《本义》于卦爻中，或云说见程《传》，或云程《传》备矣。又曰：看其《易》，须与程《传》参看。故本朝诏告天下，《易》说兼主程、朱，而科举取士以之。予犹记幼年见《易经》义多兼程《传》讲贯，近年以来，场屋经义，专主朱说取人，主程《传》者皆被黜。学者靡然从风，程《传》遂至全无读者。尝欲买《周易传义》为行箧之用，遍杭城书肆求之，惟有朱子《本义》，兼程《传》者绝无矣。盖利之所在，人必趋之。市井之趋利，势固如此。学者之趋简便，亦至此哉！

闻天顺间，沛县民杨四家锄田，得一古铜器，状如今香炉，有耳而无足。洗去土，有声如弹琵琶不已，其家以为怪，碎之。不知何物也。

成化甲辰，泗州民家牛生一麟，以为怪，杀之。工侍贾公俊，时公差至此，得其一足归。足如马蹄，黄毛中肉鳞隐起，皆如半钱。永康尹昆城王循伯时为进士，亲见之，云然。

弘治五年，扬之瓜州聚船处，一米商船被雷击，折其桅。近本处，大小鼠若干皆死。盖鼠啮空而窟宅其中也。大鼠一重七斤，小鼠约二斤。乡人印绶，初闻而未信，尝亲问其船主，云然。意者，天恐风折于扬帆时，致误民命，故击之耶？

尝记正统十年，予家祖园新竹二本，皆自数节以上分两岐，交翠可爱。家仆俟其老，斫而芟去旁枝，用以叉取蕰草饲猪。景泰二年，新居后园，黄瓜一蔓生五条，结蒂与脱花处，分张为五，瓜之背则相连附。园丁采入，众玩一过，儿童擘而食之。后仕于朝，有以瑞竹、瑞瓜图求题咏者，阅之，则皆予家所尝有也。况他竹之瑞一本，予家并生二本。他瓜仅二三，又非连理，予家五瓜连理，不尤瑞乎？使当时长老父兄有造言喜事者，诪谀归之府县，夸艳归之家庭。动众伤财，其为不靖多矣。惟其悃愊无华，故人之所谓祥瑞，一切不知动其心。惟不知动其心，故骄侈不形，而灾害不作，可以保其家于悠久也。传曰：

"天下本无事,庸人自扰之。"其斯之谓与?

左氏、庄周、屈原、司马迁,此四人,豪杰之士也。观其文章,各自成一家,不事蹈袭,可见矣。史迁纂述历代事迹,其势不能不袭,若左、庄、屈三人千言万语,未尝犯六经中一句。宋南渡后,学者无程、朱绪余,则做不成文字。而于数子亦往往妄加贬议,可笑也。先儒谓左氏浮夸,庄周荒唐,屈原怼怨,此公论也。谓庄周为邪说而辟之,亦公论也。若《左氏春秋传》,自是天地间一种好文字,而或者以其为巧言,岂不过哉!为此言者,正犹贫人吃斋以文其贫,舍曰珍羞品味力不能办,而必谓其腥膻不堪食,矫诬孰甚焉!

南京诸卫,官有廨宇,军有营房,皆洪武中之所经画。今虽间有颓废,而其规址尚存。北京自永乐十九年营建告成,銮舆不复南矣。至弘治元年,阅六十八年,而军卫居址尚有未立者。彼固不能陈乞建立,而上司亦未尝念及也。是年,襄城马公文升掌都察院事,奏毁天下淫祠。予尝建白,欲以城中私创庵院置卫,则财不烦官,力不劳下,其功易成。事寝不行。吾昆山知县杨子器,毁城市乡村庵院神祠约百余所,以其材修理学校、仓廪、公馆、社学、楼橹等事,一时完美。又给发余材太仓、镇海二卫,凡所颓废率与兴举,军民至今德之。使当路有子器其人,则国家之废事以举,官府之缺典以完,又何难哉!

予观政工部时,叶文庄公为礼部侍郎,尝欲取吾昆元末国初以来诸公文集,择其可传者,或诗或文,人不出十篇,名曰《昆山片玉》以传。命予采集之,若郭翼羲仲《林外野言》、殷奎孝章《强斋集》、袁华子瑛《耕学稿》、易恒久成《泗园集》、吕诚敬夫《来鹤轩集》、朱德润泽民《存复斋稿》、偶桓武孟《江雨轩诗》、林钟仲镛《松谷集》、沈丙南叔《白云集》、马麐公振《淞南渔唱》、屈昉李明《寓庵集》、王资之深《瑞菊堂集》、郑文康时《乂平桥稿》之类。不久,予除南京吏部主事,恐致遗失,俱以送还。乡先辈之美,竟泯泯矣,可胜叹哉!

《逊志斋集》三十卷,《拾遗》十卷,《附录》一卷,台人黄郎中世显、谢侍讲鸣治所辑,今刻在宁海县。其二十八卷内《勉学诗》二十四章,本苏士陈谦子平所作,误入方《集》耳。子平,元末人,张士诚兵至吴,有突入其室者,胁其兄训使拜,不屈,刃其胸。子平以身翼蔽,并遇害。平生著述甚富，兵后散亡，独所著《易解诂》二卷，及古今诗数十篇传于世。正统间，吾昆山所刻《养蒙大训》，收其诗。予幼尝见之，京师士人徐本以道亦尝刻其诗印行，后有国初韩奕公望跋语。韩、徐，皆苏人。

京师东厂者，掌巡逻兵校之地也。弘治癸丑五月，忽风大作，地陷约深二三丈许，广亦如之。明时坊白昼间二人入巡警铺，久不出。管铺者疑之，推户入视，但见衣二领委壁下。衣旁各有积血，而不见其人。六月六日，通州东门外讹言寇至，男妇奔走入城，跋涉水潦，多溺死者。今日闻马进士庆云。

晦庵先生家坟墓，乃先生自观溪山向背而为之。面值一江，有沙亘其间。先生尝云："此沙开时，吾子孙当有入朝者。"其家有私记存焉。景泰间，朝廷念其有功于世，求访其子孙，于是九世孙梴征入朝，授五经博士，世官一人主祀。公文未至之数日，其沙忽被水冲开，适中其言。

昆城夏氏，与处州卫一指挥为亲旧。指挥闻夏氏有淑女，求为子妇，数年未成。后求之益力，家人皆许之，女之祖独不许。因会客以骨牌为酒令，祖设难成之计，谓求婚者云："蒲牌若得天地人和，四色皆全，即与成婚。"一拈而四色不爽，众惊异，遂许之。太仓曹用文、查用纯素友善，适其妾各有娠。一日会饮，戏以骰子为卜，云："使吾二人一掷而六子皆红，必一男一女，当为婚姻。"一掷并如其卜，既而查生男，曹生女，查以子赘曹为婿云。此二事相类特甚，盖亦非偶然也。

江西山水之区多产蛟，蛟出，山必裂，水必暴涌。蛟乘水而下，必有浮渣拥之。蛟昂首其上，近水居民闻蛟出，多往观之，或投香纸，或投红绡，若为之庆贺者然。云蛟状大率似龙，但蛟能害及人畜，龙则不然。龙能飞，且变化不测，蛟则不能也。

庆元初，韩侂胄既逐赵忠定，太学生敖陶孙赋诗于三元楼上，云："左手旋乾右转坤，如何群小恣流言。狼胡无地居姬旦，鱼腹终天吊屈原。一死固知公所欠，孤忠幸有史长存。九原若遇韩忠献，休说渠家末世孙。"陶孙方书于楼壁，酒一再行，壁已不存。陶孙知诗必为韩所廉得，捕者将至，急更行酒者衣，持暖酒具下楼。捕者与交臂，问以

"敫上舍在否",敫对以"若问太学秀才耶？饮方酣"。陶孙亟亡命,归走闽。后登乙丑第。此出《杭志纪遗》。陶孙字器之,宋庆元五年,曾从龙榜进士,奉议郎泉州佥判,其名衔仅见《昆山志》进士题名中,而不知其何如人。观此,则其为人可知矣。

宋神宗问吕惠卿:"何草不庶,独蔗从庶,何也？"惠卿曰:"凡草种之则正生,甘蔗种之则旁生。"上喜之。按六书有谐声,蔗,庶声。庶,古遮字,非会意也。若蔗以旁生从庶,则鹧鸪、蟅虫亦旁生耶？闻本朝天顺间,睿皇欲除某为翰林学士,以翰林已有三员,疑其过多。兵部尚书陈汝言适侍侧,叩头云:"唐朝学士十八人,圣朝三四人,何多？"上喜之,遂决。盖唐之十八人,太宗为太子时,私引文学之士,以为冯翼,非以学士名官也。学士美官,其滥如此,可乎？小人之率尔妄对,类如此。

《中吴纪闻》六卷,每卷首题云:"昆山龚明之。"前有明之淳熙元年自序,后有至正二十五年吾昆卢公武记得书来历,及校正增补大略。且云:"非区区留意郡志,此书将泯没而无闻矣。"弘治初,昆令杨子器翻刻印行。考之宣德《昆山志》,不载此人。近检公武《苏州府志》,具明之孝行甚详。盖公武之志人物,间有略其邑里者。《昆山志·孝友类》载马友直、周津、曹椿年,皆本之郡志,而明之独遗之,其以是欤？

米南宫以书画名一时,其文章不多见。家藏故纸中,有《露舫烈女碑》文一通,辞亦清古,今《维扬新志》已收入,兹不录。录其赞云:"王化焕兮盛江汉,叔运煽兮人伦乱。一德彦兮昭世典,情莫转兮天质善。楚泽缅兮云木偃,炜斯囷兮日星建。"此赞每句二韵,亦新奇。囷与茧音同,闽人呼其子云然。古韵书无之,盖后世方言耳。昔刘梦得以糕字不经见,诗中辄不敢用。囷惟顾况有诗,陆放翁亦有"阿囷略如郎罢意"之句。然用之闽越,似亦无害。江、淮之俗,故所未闻也。而施之刻石之文,何耶？

本朝文武衙门印章,一品二品用银,三品至九品用铜,方幅大小,各有一定分寸。惟御史印比他七品衙门印特小,且用铁铸,篆文皆九叠。诸司官衔有"使"字者,司名印文亦然。惟按察使官衔有"使"字,而司名印文无之，此所未喻也。军卫千户所，有中、左、右、前、后之别，而所统千百户印文，但云某卫某千户所百户印，十印皆同。不免有那移诈伪之弊。若于百户上添第一、第二等字，则无弊矣。

魏文靖公骥为南京礼部侍郎时，尝积求文银百余两，置书室中，失去。逻者廉知为一小吏所盗，发其藏，已费用一纸裹，余尚在也。当送法司治罪，公怜其贫，且将得冠带，曰："若置之法，非惟坏此吏，其妻子恐将失所。"遂释之。

提督徐州仓粮太监韦通，尝于桓山寺凿井，深数丈，闻锸下有声铿然，得独轮铜车一具。其色绿如瓜皮，通命磨洗，视之，上有识文，云："陆机造重三十钧。"推之，轮转而可行。遂进于朝，时宪宗方好古器物，得之甚喜，受赏颇多。成化乙巳岁也。

丘阁老《世史正纲》，唐德宗兴元元年书，始赐有功将士以功臣名号，其目云：所谓"奉天定难功臣"是也。然其所谓"奉天"者，以地言也。后世遂袭之，以为奉天命，失初意矣。今按五代及宋、元，固皆袭唐号。若本朝功臣勋阶，虽有"奉天翊卫"等字，然朝廷正殿正门，皆名奉天。凡诏赦及封赠文武官诰敕，起语皆曰"奉天承运"，其主意正谓天子奉承天命，以治天下，故事必称天，非袭唐奉天之名也。

弘治六年癸丑十二月三日之夕，南京雷电交作，次日大雪，自是雪雨连阴，浃月始晴。考之周密《野语》，记元至元庚寅正月二十九日未时，电光继以大雷，雪下如倾。是年二月三日春分。又记客云：春秋鲁隐公九年二月，即今之正月，三国吴主孙亮太平二年二月，晋安帝元兴三年正月，义熙六年正月，皆有雷雪之异。义熙以前，云皆未考。至元庚寅，密所亲见也。然皆在正二月，今癸丑十二月六日大寒，二十一日才立春，尤异也。

北方有虫名蚰蜒，状类蜈蚣而细，好入人耳。闻之同寮张大器云：人有蚰蜒入耳，不能出。初无所苦，久之，觉脑痛。疑其入脑，甚苦之，而莫能为计也。一日，将午饭，枕案而睡，适有鸡肉一盘在旁，梦中忽喷嚏，觉有物出鼻中，视之，乃蚰蜒在鸡肉上，自此脑痛不复作矣。又同寮苏文简在山海关时，蚰蜒入其仆耳，文简知鸡能引出，急炒鸡置其耳旁，少顷，觉有声铜然，乃此虫跃出也。

熊去非尝论孔庙诸贤位置，大意谓四配中若复圣、宗圣、述圣三公，各有父在庑下。揆之父子之分，其心岂安？宜作寝殿，以叔梁纥为主，配以无繇、子点、伯鱼、孟孙氏，于礼为宜。愚谓无繇、子点、伯鱼三人，祀之别室当矣。叔梁纥之为主，亦无谓。孟孙氏非圣贤之徒，何可与此？此尤迂缪之见也。

乡人尝言野中夜见鬼火、神火。鬼火色青荧，不动；神火色红，多飞越，聚散不常。盖火为阳精，物多有之。世知木石有火而已，如龙雷皆有火。夏天久旱，则空中有流火，今谓之火殃是已。海中夜亦见火，肥猫暗中抹之，则火星迸出。壮夫梳发亦然。积油见日亦生火，古战场有磷火，鱼鳞积地及积盐，夜有火光，但不发焰。此盖腐草生萤之类也。

古人诗集中有哀挽哭悼之作，大率施于交亲之厚，或企慕之深，而其情不能已者，不待人之请也。今仕者有父母之丧，辄遍求挽诗为册，士大夫亦勉强以副其意，举世同然也。盖卿大夫之丧，有当为神道碑者，有当为墓表者，如内阁大臣三人，一人请为神道，一人请为葬志，余一人恐其以为遗己也，则以挽诗序为请。皆有重币入赞，且以为后会张本。既有诗序，则不能无诗。于是而遍求诗章以成之。亦有仕未通显，持此归示其乡人，以为平昔见重于名人。而人之爱敬其亲如此，以为不如是，则于其亲之丧有缺然矣。于是人人务为此举，而不知其非所当急。甚至江南铜臭之家，与朝绅素不相识，亦必夤缘所交，投赞求挽。受其赞者，不问其人贤否，漫尔应之。铜臭者得此，不但哀册而已，或刻石墓亭，或刻板家塾。有利其赞而厌其求者，为活套诗若干首以备应付。及其印行，则彼此一律，此其最可笑者也。

今云南、广西等处，土官无嗣者，妻女代职，谓之母土官。隋有谯国夫人洗氏，高凉太守冯宝妻也。其家累叶为南越首领，跨据山洞，部落十余万家。夫人在母家，抚循部众，能行军用师，压服诸越。后以功致封爵，此女土官事始。但夫人父家有兄，夫家有子，与今不同耳。

弘治癸丑五月，蓟州大风雷，牛马在野者多丧其首。又民家一产五子，三男皆无首，肢体蠢动，二女脐下各有口眼，啼则上下相应，数日皆死。

　　唐诗大家并称李、杜，盖自韩子已然矣。或疑太白才气豪迈，落笔惊人，子美固已服之。又官翰林清切之地，故每亲附之。杜诗后人始知爱重，在当时若太白，盖以寻常目之，故篇章所及，多不酬答。今观二公集中，杜之于李，或赠、或寄、或忆、或怀、或梦，为诗颇多。其散见于他作，如云"李白斗酒诗百篇"、"近来海内为长句"、"汝与山东李白好"、"南寻禹穴见李白"、"道甫问讯今何如"之类，褒誉亲厚之意，不一而足。及观李之于杜，惟沙丘城之寄，鲁郡东石门之送，饭颗山之逢，仅三章而已。况沙丘、石门，略无褒誉亲厚之词，而饭颗山前之作，又涉讥诮。此固足起后人之疑也。尝闻乡老沈居竹云：饭颗山，天下本无此名。白以甫穷饿，寓言讥之，未知然否。

　　病霍乱者，浓煎香薷汤冷饮之，或掘地为坎，汲井水于中，取饮之，亦可。最忌饮热汤、热米汤者，必死。

　　诗兼美刺，寓劝惩，先王之教也。故有矢诗之典，有采诗之官。盖将以知政治之得失，风俗之美恶，民生之休戚，以求有补于治，未闻以诗而致祸者。自后世教化不明，邪佞希旨，在上者怀猜忌之心，在左右者肆谗贼之口，于是乎诗祸作矣。唐以诗赋取士，故诗学之盛，莫过于唐。然当时诗人往往以国事入咏，而朝廷亦不之禁，可谓宽大矣。但尊者之失，亦所当讳，而彼皆昧之。何耶？姑以易见者言之，如"三郎沉醉打球回"、"虢国夫人承主恩"、"如何四纪为天子，不及卢家有莫愁"。是何美事，而形之咏歌，固已显其君上之失矣。至若"薛王沉醉寿王醒"之句，虽前人尝辩薛王早薨，未尝与贵妃同宴龙池，然寿王之醒，触犯忌讳，尤非臣子所忍言者。使猜忌之君观之，宁不概以贤人君子之为诗，皆敢于攻发君上阴私者耶？故一有逸谱，皆信之不疑，而伤害随之矣。予尝谓后世诗祸，实唐人有以贻之也。

　　甲寅六月六日，苏州卫印纽热炙手，不可握。吏以告卫官，各亲手握之，始信。乃以布裹而用之，亦可异也。

　　班孟坚《汉书》，大抵沿袭《史记》。至于季布、萧何、袁盎、张骞、卫、霍、李广等赞，率因《史记》旧文，稍增损之。张骞赞即《史记·大宛传》后。或有全用其语者。前作后述，其体当然。至如《司马相如传》、《赞》，乃固所自为，而《史记》乃全载其语，而作"太史公曰"，何耶？又迁在武帝时，雄生汉末，安得谓扬雄以为靡丽之赋，劝百而风一哉？诸家注释，皆不及之。又《公孙弘传》在平帝元始中，诏赐弘子孙爵。徐广注谓后人写此以续卷后。然则相如之赞，亦后人剿入，而误以为太史公无疑。至若《管仲传》云后百余年有晏子，《孙武传》云后百余岁有孙膑，《屈原传》云后百余年有贾生，皆以其近似类推之耳。至于《优孟传》云其后二百余年，秦有优旃，而《淳于髡传》亦云其后百余年楚有优孟，何耶？殊不知优孟在楚庄王时，淳于在齐威王时，谓前百余年楚有优孟可也。今乃错谬若此，且先传髡而后叙孟，其次序晓然，谓之非误，可乎？此出《齐东野语》。常见元吴文正公、本朝王忠文公读《史记·伯夷传》，疑其不伦，皆有所更定。窃叹服前贤读书，精察如此。近见此语，又以叹公谨识见之明，虽前代深于史学者，亦未之觉也。因记之，与读史者共焉。

历代笔记小说大观总目

汉魏六朝

西京杂记(外五种) 〔汉〕刘歆 等撰 王根林 校点

博物志(外七种) 〔晋〕张华 等撰 王根林 等校点

拾遗记(外三种) 〔前秦〕王嘉 等撰 王根林 等校点

搜神记·搜神后记 〔晋〕干宝 陶潜 撰 曹光甫 王根林 校点

世说新语 〔南朝宋〕刘义庆 撰 〔梁〕刘孝标注 王根林 标点

唐五代

朝野金载·云溪友议 〔唐〕张鷟 范摅 撰 恒鹤 阳羡生 校点

教坊记(外七种) 〔唐〕崔令钦 等撰 曹中孚 等校点

大唐新语(外五种) 〔唐〕刘肃 等撰 恒鹤 等校点

玄怪录·续玄怪录 〔唐〕牛僧孺 李复言 撰 田松青 校点

次柳氏旧闻(外七种) 〔唐〕李德裕 等撰 丁如明 等校点

酉阳杂俎 〔唐〕段成式 撰 曹中孚 校点

宣室志·裴铏传奇 〔唐〕张读 裴铏 撰 萧逸 田松青 校点

唐摭言 〔五代〕王定保 撰 阳羡生 校点

开元天宝遗事(外七种) 〔五代〕王仁裕 等撰 丁如明 等校点

北梦琐言 〔五代〕孙光宪 撰 林艾园 校点

宋元

清异录·江淮异人录 〔宋〕陶毂 吴淑 撰 孔一 校点

稽神录·睽车志 〔宋〕徐铉 郭彖 撰 傅成 李梦生 校点

困学纪闻　［宋］王应麟 撰　栾保群 田松青 校点

齐东野语　［宋］周密 撰　黄益元 校点

癸辛杂识　［宋］周密 撰　王根林 校点

归潜志·乐郊私语　［金］刘祁　［元］姚桐寿 撰　黄益元 李梦生
　　校点

山居新语·至正直记　［元］杨瑀 孔齐 撰　李梦生 庄葳 郭群一
　　校点

南村辍耕录　［元］陶宗仪 撰　李梦生 校点

明代

草木子(外三种)　［明］叶子奇 等撰　吴东昆 等校点

双槐岁钞　［明］黄瑜 撰　王岚 校点

菽园杂记　［明］陆容 撰　李健莉 校点

庚巳编·今言类编　［明］陆粲 郑晓 撰　马镛 杨晓波 校点

四友斋丛说　［明］何良俊 撰　李剑雄 校点

客座赘语　［明］顾起元 撰　孔一 校点

五杂组　［明］谢肇淛 撰　傅成 校点

万历野获编　［明］沈德符 撰　杨万里 校点

涌幢小品　［明］朱国祯 撰　王根林 校点

清代

筠廊偶笔 二笔·在园杂志　［清］宋荦 刘廷玑 撰　蒋文仙 吴法源
　　校点

虞初新志　［清］张潮 辑　王根林 校点

坚瓠集　［清］褚人获 辑撰　李梦生 校点

柳南随笔 续笔　［清］王应奎 撰　以柔 校点

子不语　［清］袁枚 撰　申孟 甘林 校点

阅微草堂笔记　［清］纪昀 撰　汪贤度 校点

茶余客话　［清］阮葵生 撰　李保民 校点